A bondade de Deus e a força dos homens

O *Testamento Político* do Cardeal de Richelieu

ALEXANDRE PIEREZAN

Dados Internacionais de Catalogação na Publicação (CIP)

P618b

    Pierezan, Alexandre, 1977-.
      A bondade de Deus e a força dos homens: o *Testamento Político* do Cardeal de Richelieu / Alexandre Pierezan – Toledo-PR: Independently Published, 2021.
      121 p.: il.

      Bibliografia
      ISBN: 978-65-00-15435-1

      1. História Política. 2. Ciência Política. 3. Cardeal de Richelieu. 4. França – Rei Luís XIII – Século XVII. 5. História das ideias políticas. I. Título.

                              CDD 944.109
                              195.940

DEDICATÓRIA

Dedico o presente livro à minha esposa *Neide Ivene Bender Pierezan* e aos meus filhos *Arthur Henrique* e *Heitor Remy*.

APOIADOR

Seria impossível não se reconhecer a bondade de Deus tendo
contribuído para tais sucessos, mais do que a prudência
e a fôrça dos homens.
(**Cardeal de Richelieu**. *Testamento político*. p. 29)

As repúblicas são dêste último gênero,
vão lentamente, e de ordinário não se obtém
delas da primeira vez o que se pede, mas
contentando-se com pouco logo se obtêm mais.
Como os grandes corpos movem-se mais dificilmente
que os pequenos, tais gêneros de Estados, sendo
compostos de várias cabeças, são muito mais
tardos em suas resoluções e em suas
execuções, que os outros.
(**Cardeal de Richelieu**. *Testamento político*. p. 209)

[...] pois é coisa comum aos espíritos medíocres
contentarem-se com empurrar o tempo com
o ombro, e preferir conservar sua satisfação
por um mês, do que privar-se dela por êsse
pouco de tempo para garantir-se do incômodo
de vários anos que êles não consideram,
porque não vêem senão o que está presente e
não antecipam o tempo por uma sábia previsão.
(**Cardeal de Richelieu**. *Testamento político*. p. 195)

Deus concorre em tôdas as ações dos homens por uma
cooperação geral que segue o seu desígnio, e a êles cabe usar em
tôdas as coisas de sua liberdade segundo a prudência da qual a
divina sabedoria fê-los capazes.
(**Cardeal de Richelieu**. *Testamento político*. p. 197)

Sumário

AGRADECIMENTOS

Agradeço...

A Deus, primeiramente, por oportunizar a conclusão de mais um livro.

À Neide Ivene Bender Pierezan, minha amada esposa, paciente amiga e conselheira que tem me acompanhado nas árduas tarefas acadêmicas; aos meus queridos filhos Arthur Henrique (10 anos) e Heitor Remy (apenas 1 ano e 8 meses), papai ama vocês.

Aos amigos Hagaides de Oliveira, Célio Vieira Nogueira e Sérgio Paula Rosa, pela leitura paciente do livro.

Ao Professor da UTFPR de Toledo, Dr. Osni Hoss, pela empreendedora indicação e pela capacidade de ensinar, que me despertou para a importância de publicar o presente livro.

À Universidade Federal de Mato Grosso do Sul (UFMS) e à Universidade Tecnológica Federal do Paraná (UTFPR-Toledo), instituições parceiras em Acordo de Cooperação Técnica, que otimizaram o ambiente para a finalização deste livro.

A produção do conhecimento traduz a integração necessária entre o ensino, a pesquisa e a extensão, o que é sempre muito positivo para o amadurecimento de qualquer trabalho intelectual. A pesquisa acadêmica implica o intercâmbio entre professores, alunos e funcionários das universidades brasileiras que, com esforço e dedicação, têm levado adiante o trabalho científico paciente e comprometido com a investigação histórica.

NOTA INTRODUTÓRIA:
da política à providência

Conceber política é, antes de tudo, olhar para o ser humano em ação. Ao se movimentar, ele atua de forma fragmentada, incompleta e inacabada. Insatisfeito, prossegue o seu caminho na busca de uma existência plena, tanto na dimensão individual, que envolve o agir, o pensar e o atuar no campo dos sentidos, quanto na dimensão coletiva, onde a atuação exige o trato com o outro e envolve relações complexas, violentas, sistemáticas e plurais. Na dimensão coletiva, os humanos interagem em busca de uma dada plenitude de direito, de acesso ao poder, de participação e atuação no campo decisório, de consumo dos bens produzidos e de uso dos recursos disponíveis.

No entanto, ao perceber que a desejada plenitude é inatingível, ele interrompe a caminhada, contempla a sua jornada e redimensiona a sua trajetória. Ao se dar conta que a realização plena de sua satisfação foi adiada para um futuro incerto, ele age de forma agressiva a si e/ou aos outros. Este novo jeito de agir individual ou coletivo é marcado por uma dada patologia. Este ser patologicamente insatisfeito com os resultados, ao deslocar o seu olhar para as interações coletivas, desfere ataques aos outros seres da relação, os quais, na sua ótica distorcida, são os responsáveis diretos pela sua insatisfação. A depender do local histórico onde ele se encontra, seus ataques produzirão resultados definitivos e irreparáveis.

Semelhante ao arco-íris, a busca pela satisfação, é uma miragem, na qual o cenário real e imediato é distorcido pela ilusória busca pela plenitude da existência humana, na medida em que o alcance pleno de qualquer propósito, a cada dia, se desloca para o futuro distante. Ao perceber que a fragmentação é uma incômoda realidade - presente nos projetos, nos objetivos, nas interações, nas perspectivas e nas conquistas dos indivíduos, instituições, governos e impérios - ganha força e projeção as tecnologias de mitigação de danos, próprias do saber humano, conhecidas entre nós pelo verbete política.

A atuação e os embates políticos vividos por Armand Jean du Plessis, o Cardeal de Richelieu, compuseram o cenário no qual ele produziu o "Testamento Político". Neste documento o Cardeal e Primeiro Ministro do Rei Luís XIII (França 1628 a 1642) registra posicionamentos enfáticos, eis um exemplo: "O reino de Deus é o princípio do governo dos Estados: e com efeito é uma coisa tão absolutamente necessária, que sem esse fundamento não há príncipe que possa bem reinar, nem Estado que possa ser feliz".

Discutir os fundamentos do Estado moderno é um desafio marcado pela solidão do pesquisador. Neste distanciamento Pierezan se envolve e escreve "A bondade de Deus e a força dos homens: o *Testamento Político* de Richelieu", uma obra marcada pelo agir de Richelieu que "sempre recorreu às combinações religiosas e estratégicas, deixando nas mãos de Deus as conquistas que a prudência e a força dos homens não pudessem garantir".

Os estranhamentos do presente indicam que estamos passando por um momento conturbado, com batalhas contundentes, nelas os lados envolvidos se abastecem de provisões coerentes com as suas crenças e paradigmas. Este cenário de medo, incertezas, reverências e totalitarismos é propício à inserção de posicionamentos políticos extremados, os quais têm na sua composição a dinâmica e a potencialidade de gerar inúmeras agressões e barbáries, próprias da estupidez humana. Por outro lado, a prudência - também humana - possui na sua composição e natureza a energia necessária para recrudescer nos humanos as ações individuais e coletivas capazes de interromper o curso do relativismo pós-moderno. Poucos o observam, mas este relativismo aviltante se encontra encrustado no sociologismo inócuo e no cientificismo debilitante que atinge, fatiga e paralisa a todos, numa turbulenta conquista, cujo destino final é a letalidade do abandono, do distanciamento e da invisibilidade.

Lembramos que no universo material inexiste espaço vazio. Este princípio se aplica também ao mundo da política. Sendo assim, observamos que na porção ocidental do planeta houve um esforço colossal para remover do cotidiano secular a presença do Deus cristão, tal distanciamento abriu uma lacuna existencial importante. E, para preencher este "vazio", os arquitetos do materialismo – mirabolante e excêntrico – elegeram uma deidade estranha: o Estado (assim mesmo, grafado com a inicial maiúscula), cujas principais características deste ser são: a onipresença, a onisciência e a onipotência - presente em tudo, sabedor de tudo e com poderes ilimitados – aparentemente um deus. Nota-se que esta estadolatria se dá no campo da estupidez humana, sendo subsidiada pela materialidade voraz e fomentada por uma deidade coirmã, que é o cientificismo exacerbado. Este muito prestigiado em nossos dias, pois é o combustível vital para as empreitadas dos bandeiristas vigilantes e presentes no dia a dia de todos.

Na contemporaneidade, o indivíduo, as instituições e o Estado são alcançados pelo "absolutismo" do século 21 - consumismo e suas nuances – que a todos esmiúça. Ninguém está imune ao terror, à degradação e à miséria impostos pelo uso demagógico dos discursos, posicionamentos e pensamentos unificantes. Seus postulantes se renderam ao espírito da época e, congregados em guetos de humanos patológicos, vociferam as insatisfações, atuando politicamente no parasitismo da estadolatria cientificista. No tempo do Cardeal Richelieu era importante se posicionar com base na prudência e na força dos homens, tendo a providência divina como esperança. Hoje, a prudência, a força e a providência são imprescindíveis à sociedade.

Célio Vieira Nogueira - UNIR
Vilhena-RO, 04 de janeiro de 2021.

PREFÁCIO

Diante do honroso convite de Alexandre Pierezan para prefaciar seu novo livro e ciente das limitações pessoais diante de importante tarefa, convém dizer que a política e seus atores políticos sempre despertaram interesses e paixões no ontem e no hoje, embora o número daqueles que se interessam por ela e por eles tenha sido sempre reduzido em lugares e períodos que se perdem na vastidão dos tempos históricos.

Mas há os que "gostam" e que, por conta desse "gosto", dedicam-se aos estudos do que se vive e se viveu no âmbito da política, posto que percebem, como os franceses ainda na década de 1960, que a "política não é tudo, mas está em tudo".

Esses homens e mulheres que atuam em diversas áreas do saber das "ciências do espírito" se debruçam então sobre os acontecimentos do cotidiano, ou o que se tem deles como indícios e/ou vestígios, para conhecer e entender em alguma medida que forças e motivações podem ter inspirado e direcionado o agir e o sofrer humanos no âmbito do político no tocante às escolhas das formas de governar e, desse modo, influenciar modos de pensar e viver.

São muitos já os estudos em profundidade tratando do que se fez em nome da "arte de governar" em tempos recentes, bem como em épocas já distantes, o que demonstra a preocupação constante no "presente" quanto ao conhecimento do que se fez no passado que "pode" ser lembrado para ou ser (re)atualizado de alguma forma por seus acertos ou, ainda, evitar-se em razão dos seus desacertos e males que causou.

Mesmo que se cante e decante entre os historiadores profissionais que "a história não se repete" e que qualquer esforço nessa direção não será mais do que uma "farsa", há uma busca incessante pela já criticada "história exemplar" em que, maquiavelicamente, fatos e personalidades de um passado qualquer são "trazidos" para operarem como luminares e mestres, principalmente no âmbito do político, extraindo-se conselhos para que, no exercício do poder, sejam tomadas essas ou aquelas medidas, bem como abandonadas ou postas de lado outras tantas.

Historiadores profissionais que se ocupam da "história política" há décadas já perceberam que, não obstante o descaso ou desprezo da maioria dos homens médios ocupados com suas "rebeliões" e tão bem apresentados por José Ortega y Gasset, para não dizer a totalidade deles, a revivescência do interesse pelo que governantes e seus coadjuvantes e conselheiros fizeram em termos de práticas e teorias no tempo em que detinham em suas mãos os destinos e as vidas de seus governados ao longo de séculos.

Este interesse pela "história política" é crescente, não obstante seja ainda maior o número dos desinteressados, o que faz lembrar a tese malthusiana que, aplicada a este contexto, faz pensar que o aumento dos "homens médios" se dá em progressão geométrica, enquanto aqueles que se voltam para a política e suas implicações sobre a vida de todos, seja no passado ou no presente, crescem em progressão aritmética.

O que se vê acontecer com a "história política" evidencia o interesse de alguns em discutir acerca do poder e suas engrenagens políticas, em especial sobre a teoria política que marcou tempos mais distantes ou recuados, como o final dos seiscentos e o setecentos europeus, vindo à tona desse período a ampliação do debate político em que cada segmento letrado da época saía em defesa de suas teses frente aos seus adversários, enfatizando sempre o que tinham como ideais de sociedade justa, ordenada e virtuosa.

Aqueles que integravam os diversos segmentos que disputavam seu espaço na cena política do período, os *philosophes*, acabaram por intensificar o papel da monarquia valendo-se das proposições em torno da ciência política civil, o que acabou por reforçar a atuação secular de ministros régios e a defesa que faziam das monarquias, cujo bem mais precioso era concebido como sendo a sua soberania. A defesa dessas ideias levada à efeito por esse círculo letrado deixou transparecer uma diversificação em termos de opções ora ligadas à moral cristã, ora caudatárias do secularismo.

Esse período, comumente identificado ou nomeado como moderno, foi palco da circulação de tradições políticas que, embora tendo seus começos na Antiguidade, sofreram mudanças ao serem apropriadas pelos humanistas renascentistas, bem como pelos escolásticos *conciliaristas* e *constitucionalistas*, dentre outros, integrando então o que se pode chamar de imaginário político-social de homens de *gouvernement*, filósofos e tratadistas do seiscentos e primeira metade do setecentos europeus.

Dentre esses "homens de saber" e com posições muito próximas de seus soberanos, merece destaque Armand Jean du Plessis, o Cardeal de Richelieu, um dos responsáveis inclusive pela consolidação do conceito de *ministre* como designação das suas funções junto à governação, definindo assim uma forma mais "institucionalizada" de seu estatuto, em detrimento do uso das expressões *favorite* ou *mignon*, concebidas por ele como depreciativas da conquista da graça régia.

As escolhas do Cardeal de Richelieu para viver os embates políticos durante os anos em que foi o Primeiro Ministro do Rei Luís XIII em França entre os anos de 1628 e 1642 deram-lhe o fôlego indispensável para a produção do seu *Testamento político*, um documento em que deixa registrado como se davam seus posicionamentos em que se combinavam, ou conflitavam talvez, visões da moral cristã e aproximações com as ideias do ainda embrionário Esclarecimento e as "astúcias da razão".

É o que se pode depreender quando se lê no

Testamento político o Cardeal de Richelieu declarar que "[...] sendo coisa ordinária a muitos homens não terem ação, senão sob o impulso de uma paixão, o que o faz considerar como o incenso que nunca cheira bem senão estando ao fogo, não posso deixar de dizer a V. M. que esta constituição, perigosa a tôda (sic) a sorte de pessoas, o é particularmente aos reis, que devem, mais do que todos os outros, agir pela razão".

O que se pode dizer com algum acerto é que o *Testamento político* do Cardeal de Richelieu, embora sua defesa da monarquia e de sua soberania, abre caminhos promissores para a discussão em torno dos fundamentos do estado moderno prestes a nascer, o que é realizado com maestria por Alexandre Pierezan em seu mais novo lançamento, *A bondade de Deus e a força dos homens: o Testamento político do Cardeal de Richelieu* que, em sua análise arguta, revela as sutilezas de como o Cardeal de Richelieu recorreu com frequência "[...] às combinações religiosas e estratégicas, deixando nas mãos de Deus as conquistas que a prudência e a força dos homens não pudessem garantir".

O livro de Alexandre Pierezan oportuniza também a percepção de como sobreviveu a longa tradição em torno do conceito de povo que, independentemente do tempo histórico, ou seja, se na Antiguidade, Medievo, Modernidade ou Pósmodernidade, é visto sempre como tendo importância menor para aqueles que detêm em suas mãos os rumos da política, o que se confirma na declaração do Cardeal de Richelieu comparando-o "[...] às mulas que, estando acostumadas à carga, estragam-se por um longo repouso muito mais do que com o trabalho; mas assim como o serviço deve ser moderado, como a carga desses animais deve ser proporcional à sua força, também é o mesmo quanto aos subsídios com relação aos povos; se não fossem moderados, quanto mesmo fossem úteis ao público não deixariam de ser injustos".

Encerrando-se então esse breve prefácio, aplaude-se o esforço de Alexandre Pierezan em brindar seus leitores com mais essa importante e indispensável contribuição para a "história política" ao analisar e comentar o *Testamento político* do Cardeal de Richelieu, deslindando como o Primeiro Ministro do Rei Luís XIII concebia seu papel e defendia os interesses régios e a moral cristã como a única força balizadora do bom governo na França setecentista.

Professor Ms. Sérgio Paula Rosa
Buriti Alegre-GO, janeiro de 2021.

INTRODUÇÃO

O *Testamento Político* do Cardeal e Duque de Richelieu revela o que há de mais importante na formação da monarquia francesa do século XVII: a consolidação dos Estados soberanos. Foi um marco na História Política. Talvez se possa considerar um dos mais importantes documentos políticos da modernidade.

Foi escrito no momento de formação das soberanias europeias e apresenta todo o colorido de um momento histórico em que a coragem, a honra e os valores morais cristãos definiam o espírito da política. Toda a beleza do seu gênio consta nas mais de 300 páginas de escritos, cartas e documentos, aqui analisados.

É uma leitura difícil e obrigatória a todos que almejam conhecer um pouco mais sobre o valor da fé cristã, da política e da força do homem na consolidação da civilização ocidental.

Richelieu percebeu a importância da fé cristã como o elemento central para garantir a felicidade do reino francês e concebeu uma relação tripartida de forças, que aplacou as imprudências principescas e destacou o brilho do governante. Nesse cenário de intenso debate político o Rei Luís XIII e o Primeiro-Ministro Richelieu se revelaram os artífices da política moderna na Europa.

1
PARA ENTENDER O QUE É POLÍTICA

> "[...] o futuro tem muito maior extensão que o presente que passa num instante. Os interêsses que dizem respeito ao futuro devem, com razão, ser mais considerados do que aquêles do presente, contra o costume dos nossos homens sensuais que preferem o que vêem mais perto, porque a vista de sua razão não se extende para além dos seus sentidos".
> **Cardeal e Duque de Richelieu** [1]

Torna-se por demais genérico pensar na História como disciplina entre os historiadores, ainda mais quando se propõe pensá-la agindo de forma híbrida em relação às demais disciplinas limítrofes à sua área de atuação, sem, no entanto, a intenção de ofuscá-la.

Ao refletir sobre o assunto, optou-se por questionar a "racionalidade" da história política,

---

[1] RICHELIEU. *Testamento Político*. São Paulo: Atena, 1959. p.289.

racionalidade esta que não deixa de estar presente em qualquer interpretação que se intitule historiográfica.

Ao que parece, a noção de tempo histórico e a variedade com que é concebido e pensado caracterizam a maneira como são construídas as ambiguidades próprias de cada época mirada pela análise histórica.

No que se refere à Época Moderna, pensar na sua complexidade sem perceber as articulações e os contornos que lhe conferem legitimidade, quem sabe ilegitimidade, não basta para entender o mundo do vivido[2]. A política, entendida apenas como progenitora da conjuntura social e cultural, não é passível de compreensão, apesar de sua "carta de alforria" não ser um inventário que se possa mensurar em poucas palavras.

Com efeito, "a história política não deve ser ignorada, mas não pode ocupar um lugar tão predominante"[3]. Entender dado momento como sendo fruto de leis (e)laboradas ou intenções particulares não conferem legitimidade, muito menos acreditar na possibilidade de que explanações deterministas e "escatológicas" possam dar conta do "real", criando regras estáticas para o conhecimento histórico.

A História pode constituir, fundamentalmente, ou estritamente, a posição de vanguarda do passado a partir

---

[2] VEYNE, Paul. *O inventário das diferenças*: história e sociologia. São Paulo: Editora Brasiliense, 1983. p.05 – 55.
[3] REIS, José Carlos. *Annales*: a Renovação da História. Minas Gerais: Editor UFOP, 1996. p.27.

de estudos preocupados com particularidades pitorescas, estranhas e até diferentes, mas não constitui-se como única fonte de saber detentora do conhecimento histórico.

Não seria importante analisar, conforme Francisco Falcon, se a história teria ou não começado com Heródoto, mas creditar aos Gregos o surgimento de uma dada história que possuía como concepção narrar um certo tipo de ações heroicas e humanas que fossem dignas de serem lembradas. As atenções dos historiadores da época acabaram, nesse sentido, se voltando para as instituições, Estado, República e as formas jurídicas que acreditavam desenvolver com o auxílio teórico.

Resquícios de concepções antigas parecem perdurar até tempos mais recentes, principalmente em relação às análises detalhistas preocupadas em descrever uma visão centralizada e institucionalizada do poder. O que antes era chamado de história, agora é visto como *história política tradicional.* Uma história *magistra vitae* sempre voltada para a orientação de governantes, filósofos, juristas e pedagogos.

Durante um período longo a História foi escrita por clérigos e membros da Igreja. De maneira rápida, mas não sem importância, em fins da Idade Média e início da Época Moderna, o conhecimento passou a não ser propriedade restrita apenas dos grupos abastados e clérigos. Nota-se que o conhecimento começou a ser devassado por pessoas às margens do saber oficial.

O ingresso cada vez maior de jovens no círculo dos "intelectuais" deflagrou numa corrida por distinção em relação ao trabalho do intelectual e o trabalho manual, este último associado, na maioria das vezes, aos artesãos. Esses "intelectuais" possuíam uma postura definidamente engajada ao Estado e à Igreja, apesar de não constituir regra geral esse tipo de conduta, pois vários foram os que se rebelaram chegando a praticar heresia.

Vale ressaltar a "clivagem entre a escola monástica, reservada aos futuros monges, e a escola urbana, em princípio aberta a todos, inclusive a estudantes que continuarão laicos"[4]. A história está, juntamente com a maioria dos saberes, relacionada às intenções dos grupos que compõe o clero e o Estado. Apesar de não ser um movimento uníssono, homogêneo, houve um acréscimo nas intenções de ligar a História aos interesses do Estado ainda em formação.

Poder e História subsistem, confundem-se, mas não dividem suas respectivas funções. Nesse aspecto, a História, mais do que nunca, define seu papel como um saber moral e ético produzido por "intelectuais" preocupados em aperfeiçoar e modelar a conduta dos governantes. É a valorização da memória. Pensam na história não como fruto da racionalidade ou utilitarismo, mas como um saber que inicialmente visava alegrar os leitores e que, no decorrer dos séculos, adquiriu nova função diante das circunstâncias apresentadas. Não conhecendo limites, a necessidade pode proporcionar a invenção. É a retórica como instrução. É a luta pela

---

[4] LE GOFF, Jacques. *Os intelectuais na Idade Média*. São Paulo: Editora Brasiliense, 4ª Ed., 1995. p.8

conquista de um espaço, a sobrevivência de um conhecimento, uma herança que resiste até os dias atuais, e que ainda não cessou de lutar pelo seu espaço.

No início da Época Moderna a historiografia humanista e renascentista não promoveu grandes transformações na tradicional orientação política da história. Por outro lado, e em aderência, o significativo acréscimo centra-se na inclusão da crítica erudita das fontes e a eliminação das lendas, milagres, na esperança de alcançar a verdade dos fatos. A ideia de verdade passa a ser identificada ao bem e a mentira associada ao mal. A esse propósito, tais ideias demonstram claramente a genealogia da cultura ocidental, amplamente baseada em princípios éticos, morais e religiosos. Apesar das restrições ao misticismo, a verdade soa próxima à ideia de bem e mal medievais, dualismo religioso ainda muito presente nos pensadores modernos, devendo-se ter claro que

Na verdade, porém, do século XVI ao XVIII, ao lado desta tendência erudita dos chamados *antiquários*, ganhou novo alento a dos historiadores oficiais a serviço de príncipes e repúblicas urbanas, habitantes das primeiras academias de história. Paralelamente, sobretudo nos séculos XVI e XVII, as disputas teológico-políticas resultantes da Reforma reforçaram a tendência presente nas histórias oficiais: produzir, por intermédio da história política ou religiosa, conforme o caso, os elementos *históricos* favoráveis à causa defendida pelo historiador. Caberia então à história proporcionar *provas e argumentos* às partes em litígio[5].

A inexistência de uma visão unificada pode ser verificada dentre os próprios polemistas católicos e protestantes, que ousaram na crítica das fontes, principalmente da Bíblia. Menor foi a inovação dos historiadores, que estando aliados ao poder instituído no momento, mantiveram-se ligados à exaltação dos princípios dinásticos produzindo teorias pragmaticamente políticas.

Remeto-me à interpretação de textos da época, para tentar entender o espírito que movia os pensadores de dada época, aqui o exemplo vem do dezessete francês. Para intentar tal empreita, arrolada adiante, visualizo a necessidade de se perceber quais são as intenções de diálogo do autor com seu tempo, suas preocupações, percebendo-o no contexto em que o próprio está inserido, para então realizar o ingresso e regresso da obra no processo social, político e cultural em que o autor fez parte[6]. Dito de outra forma, tem-se que:

---

[5] FALCON, Francisco. *História e poder*. IN: CARDOSO, Ciro Flamarion & Vaifas, Ronaldo (Orgs.). **Domínios da História**. Rio de Janeiro: Editora Campus: 1997. p. 63.
[6] SKINNER, Q. *As fundações do pensamento político moderno*. São Paulo: Companhia das Letras, 1996.

Contexto histórico, contexto histórico-social ou contexto histórico-cultural é o conjunto de condições sociais (políticas, econômicas, jurídicas, religiosas, educacionais) que caracteriza uma época, um período ou um momento histórico. É um conceito abrangente que engloba a situação ou conjuntura em determinado momento. Inclui os aspectos ou fatores materiais de produção e os aspectos sociais como valores, crenças, costumes, anseios da população. É o conjunto das forças sociais em jogo ou em luta em si[7].

É importante salientar, que a tradição historiográfica procurou deixar, durante algumas gerações, os documentos falarem por si sós. Aspecto altamente questionável visto que novos métodos passaram a incluir elementos de análise antes pouco valorizados pelos historiadores, preocupados apenas em exaltar grandes mitos, fazendo ressoar para os anos vindouros, nomes pertencentes ao círculo do poder político.

Ao que tudo indica, o estudo das obras de literatura política, mesmo que não façam parte integrante de uma história das ideias políticas no estilo *"grands doctrinaires"*, mas que não deixam de integrar o grande *corpus* da literatura letrada do século XVII, é de notável importância para a interpretação de suas relações, não apenas com o Estado monárquico, mas com sua realidade

---

[7] MEGALE, Januário. *O Príncipe, Maquiavel*. São Paulo: Ática, 1993. p. 13

religiosa, social e política. Posto que "uma idéia (sic) política tem uma certa espessura, um certo peso social"[8].

Por mais complexa que seja a interpretação das ideias políticas, é permitido ao historiador ordenar racionalmente suas escolhas conforme lhe apraz, o que o faz conduzir a pesquisa ao desfecho esperado à luz de conhecimentos herdados e ferramentas que acredita vão facilitar no *metièr* do historiador.

Sugerir a ideia de funcionamento à sociedade é um truísmo, ao passo que atribuir funcionalidade em tudo numa sociedade pode caracterizar um absurdo[9]. À maneira de Norbert Elias, o indivíduo político ou não, passa a ser modelado por um conjunto específico de códigos de conduta civilizados, tributários de uma multiplicidade de indivíduos *interdependentes*. Apesar de propor integrar os dados na recomposição do todo, credita aos homens dessas formações sociais particulares "o seu caráter específico, único e diferenciado"[10].

O jeito de fazer história concebido ainda na Grécia se manteve durante praticamente toda a Idade Média e, com moderadas modificações, na historiografia humanista renascentista. Nos séculos XVI e XVII,

---

[8] TOUCHARD, Jean. (org.). *História das idéias políticas*. Lisboa: Presença, 1976, vol.01. p. 3

[9] LÉVI-STRAUSS, Claude. *Antropologia estrutural*. Rio de Janeiro: Tempo brasileiro, 1970. p. 28.

[10] ELIAS, Norbert. *A sociedade de corte*. Lisboa: editora Estampa, 1987. p.237

estabeleceu-se uma nítida diferença entre a história religiosa e política, o que levou a uma valorização maior com relação a história presente entre os historiadores oficiais.

Com o passar do tempo, principalmente durante o movimento ilustrado e romântico, a história política passou a ganhar uma força maior ainda em relação às demais correntes. De posse dessas informações, coube ao século XIX, em parte, dar continuidade à hegemonia da história política, fazendo parte do ofício do historiador evocar e reviver o passado tal qual ele realmente aconteceu.

O que pode ser identificado até aqui, é a forte tendência da história em ter fortalecido suas vertentes sem haver uma racionalidade primeira que pudesse justificar seu surgimento. Será que a história teria sido a filha programada de uma dada conjuntura histórica aflita por manter apenas o poder? O que se tem mais ou menos como concreto é que a história e os processos passados não podem ser analisados em laboratório e determinar sua causa/efeito e surgimento de maneira exata, a exemplo das "ciências exatas".

Apesar do marxismo, de maneira equivocada, ter introduzido questões sociais e ideológicas na história política, o positivismo, ou *historiografia metódica*[11], acabou se

---

[11] FALCON, Francisco. op. cit. 66. De acordo com a análise de Francisco Falcon, citando Bourdé, a designação positivista pode ser enquadrada como equivocada "uma vez que são raros os historiadores propriamente positivistas. A rigor, dever-se-ia chamá-la

impondo durante o século XX assumindo a hegemonia em relação às demais visões, apesar das críticas e ataques de intelectuais.

O marxismo, retrógrado e falso, entendia a coexistência da dimensão vivida do pensado e a dimensão do pensado do vivido, o que não exclui a perspectiva distintiva entre a ciência e a ideologia, essa concebida como as falsas representações, sendo a ciência a verdade. Sem dúvida, nesse caso, de maneira enganosa, Marx faz um tributo ao positivismo, que também estabelece essas regras para narrar os fatos históricos. Nota-se, portanto, "uma crítica positivista à história dita 'positivista'"[12].

Constatado o confronto, o ataque defensivo a uma história política pragmática passou a tomar corpo, reunindo esforços contra a suposta falta de cientificidade das ideias políticas. Muitas vezes, "enquanto a atitude

---

de *historiografia metódica*, já que era o método histórico que seus adeptos faziam repousar as garantias de cientificidade julgadas por eles indispensáveis ao verdadeiro conhecimento histórico". Interpretação muito próxima quem promove é Eric Voegelin na obra **A nova ciência da política**, Brasília, EUB, 1982, na qual apresenta várias fases de manifestação do positivismo, considera que "A terceira manifestação do positivismo foi o desenvolvimento da metodologia, sobretudo no meio século que vai de 1870 a 1920. Este movimento foi claramente uma fase do positivismo na medida em que a perversão da pertinência, através do deslocamento da teoria para o método, foi o princípio responsável por sua existência" (VOEGELIN: 1982, 23). Sugere que uma das maiores preocupações do momento era de que todos os fatos seriam iguais desde que pudessem ser determinados através de um método.

[12] REIS, José Carlos. op. cit. p.27.

histórica é a de produzir um relato concreto do passado, a atitude prática tende a tratar o passado em termos derivados do presente, em ler os eventos em sentido contrário, em compreender o passado em relação com o presente, em selecionar o que é relevante para discutir problemas contemporâneos, para justificar e condenar"[13].

O exemplo utilizado aqui teria nascido da suposta esterilidade dos estudos clássicos: Hannah Arendt, bem como alguns contemporâneos, de certa maneira, municiam-se de argumentos predominantemente presentistas. De acordo com Hannah Arendt, a reflexão histórica precisa estar aplicada "[...] a problemas imediatos e correntes com que nos defrontamos no dia-a-dia, não, decerto, com o fito de encontrar soluções categóricas, mas na esperança de esclarecer as questões e de adquirir alguma desenvoltura no confronto com problemas específicos"[14].

É claro que não se tem a intenção de afirmar que obras como *Entre o passado e o futuro* sejam histórias das ideias políticas anacrônicas, desprovidas de sensibilidade histórica. Existe aí um esforço bem alcançado em compreender as ideias em seu tempo e lugar. O que se percebe é o esforço em tentar compreender o passado e os valores culturais para iluminar o presente. Desta feita, a recusa historicista chega ao máximo de suas exaltações, relegando boa parte das pesquisas a responder questões do presente. Conforme R.

---

[13] GUNNEL, John G. *Teoria Política*. Brasília: EUB, 1981.p.21.
[14] ARENDT, Hannah. *Entre o passado e o futuro*. São Paulo: Perspectiva, 1972. p.54.

Girardet,

> O estudo do que se designa pelo termo ambíguo de História das Idéias (sic) Políticas não cessou de suscitar, e há várias gerações, obras belas e fortes. [...] [Entretanto], com algumas exceções, e essas exceções são recentes, todas tendem a restringir sua exploração ao domínio exclusivo do pensamento organizado. [...] no final das contas a análise se acha sempre, ou quase sempre, reduzida ao exame de certo número de obras teóricas, obras classificadas em função do que a tradição lhes atribui em valor de intemporalidade [...] Tudo o que escapa às formulações demonstrativas, tudo o que brota das profundezas secretas das potências oníricas permanece, de fato, relegado a uma zona de sombra [...][15]

Do combate entre as correntes historiográficas novas visões e interpretações passaram a adquirir fôlego. No interior do positivismo foram sendo esboçadas duas novas tendências que fariam ruir concepções postas entre as verdades: o neo-historicismo e o surgimento dos *Annales*. Sem a intenção de refutar nenhuma reflexão histórica produzida no decorrer dos tempos, penso na relação conjunta entre os saberes, verificando as diferentes "escolas", *Annalista*, *Marxista* e *Positivista*, todas interagindo

---

[15] GIRARDET, R. *Mitos e mitologias políticas*. São Paulo: Companhia das Letras, 1987. p.09-10.

na formação humana, histórica e social do historiador. Essa visão eclética favoreceu o fortalecimento do marxismo cultural, que acabou por capturar as mentes dos historiadores do século XXI, aprisionando-os a falsas percepções da realidade histórica.

A propósito, a experiência adquirida no manuseio das diferentes concepções contribui para a formação e entendimento genérico, proporcionando um posicionamento um tanto quanto maleável em relação as diferentes especificidades históricas. Nesse sentido, estudar o passado tem um sentido maior quando a pesquisa nasce de pontos de vista do historiador, "imbuído de seus próprios valores, inquieto com as vicissitudes de sua vida"[16].

---

[16]LOPES, Marcos Antônio. *A história das idéias políticas*: O contexto de Hannah Arendt. CRONOS: Revista de História, Minas Gerais, nº.1, 1999. p. 25.

2
RICHELIEU E A HISTÓRIA
MAGISTRA VITAE

É momento de adentrarmos na história das ideias políticas do século XVII, mantendo diálogo com o *Testamento Político* de Richelieu, buscando em suas idiossincrasias a visão de história como mestra da vida. É sabido que a imagem do príncipe ideal, no século XVII, manteve algumas reminiscências significativas dos antigos *miroir des princes*. Apesar da genealogia recuada e das alterações sofridas ao longo dos tempos, é factível identificar que desde as antigas civilizações orientais pode-se verificar a realeza e as virtudes reais figurando como objeto da história, constituindo-se, inclusive, na própria razão de ser da narrativa histórica[17].

Faz-se necessário, no momento, uma breve

---

[17] GILBERT, Pierre. *La Bible à la naissance de l'histoire*. Paris: Arthème Fayard, 1979.

caracterização dos *espelhos de príncipes* e da própria antiguidade do gênero. Nas palavras de M. Senellart,

> Nada impede que se possa reunir num gênero o conjunto de textos, qualquer que seja sua forma literária (diálogo, discurso, tratado, sermão, poema, carta, etc), que instrua o príncipe naquilo que ele deve ser, saber e fazer para bem dirigir seu Estado. Linguagem literária antiquíssima, cuja tradição remonta às civilizações do Egito e da Mesopotâmia. Esta literatura é pouco estudada e, igualmente, não encontra espaço na história das idéias (sic) políticas, porque se endereçando aos príncipes, não teria interesse no interior de uma cultura democrática, em razão de sua orientação moral. Desde Maquiavel, o tema da virtude do príncipe, objeto da exortação real, pertence ao mundo das ilusões, onde se misturam [...] quimeras, figuras ideais e construções utópicas[18]

Respeitando a devida distância que separa a Antiguidade oriental do dezessete francês, é evidente a alternância no significado dos diálogos e dos objetos, bem como as intenções de tais exposições teóricas. Na França do século XVII, a realeza deixa de ser apenas um instrumento que independe da virtude de um príncipe

---

[18] SENELLART, M. Citação retirada da Tese de Doutorado de Marcos Antônio Lopes, 1999, página 11. A tese intitula-se "Voltaire: Imaginação literária e conhecimento histórico", versa sobre os *espelhos de príncipes* tardios.

astuto e disposto a enfrentar com armas o inimigo, apesar da crença de que "O reino de Deus é o princípio do govêrno (sic) dos Estados: e com efeito é uma coisa tão absolutamente necessária, que sem êsse (sic) fundamento não há príncipe que possa bem reinar, nem Estado que possa ser feliz"[19].

De fato, a tendência em exaltar os grandes mitos da história se mantém aos moldes da antiga tradição. Segundo J. H. Shennan, ao analisar as memórias de Luís XIV, demonstra que o mesmo acreditava na obrigação de transmitir ao filho um Estado melhor daquele recebido em herança, pondo-se na condição próxima a de um proprietário de terras, interessado em deixar os negócios encaminhados ao filho quando este vier a assumir no lugar do pai, sempre elevando sua dinastia a um terreno mais valoroso que os outros governos[20]. O que não exclui do pensamento de Richelieu essas perspectivas de expansão das divisas pertencentes à monarquia absolutista francesa. Sendo um nobre possuidor de muitos bens, não era adepto à ideia de poupança, pois acreditava que um nobre teria sua posição afetada quando mantivesse qualquer tipo de preocupação com gastos à manutenção da pompa de um verdadeiro cortesão[21].

Richelieu sai em defesa da razão, procurando

---

[19] RICHELIEU. op. cit.

[20] SHENNAN, J. H. *Luís XIV*. São Paulo: Ática, 1994.

[21] RIBEIRO, Renato Janine. *A etiqueta no Antigo Regime: do sangue à doce vida*. São Paulo: Brasiliense, 1983.

deixar lições sobre a importância desta ao longo dos tempos históricos, usando sempre a história para explicar como deve se portar um verdadeiro príncipe dotado de razão suficiente para discernir os prazeres prejudiciais e os que o elevam na condição de governante. A esse respeito Richelieu expõe o seguinte arrazoado:

> Sendo coisa ordinária a muitos homens, não terem ação, senão sob o impulso de uma paixão, o que o faz considerar como o incenso que nunca cheira bem senão estando ao fogo, não posso deixar de dizer a V. M. que esta constituição, perigosa a tôda (sic) a sorte de pessoas, o é particularmente aos reis, que devem, mais do que todos os outros, agir pela razão. E com efeito se a paixão leva uma vez ao bem, não é senão por acaso; pois que por sua natureza ela desvia tanto que cega aquêles (sic) em que está, como um homem privado de vista encontra algumas vêzes (sic) o bom caminho, é maravilha que não se transvie, e se não cai de cheio, não poderia isentar-se várias vêzes (sic) de tropeçar, senão por uma felicidade extraordinária. Tantos males advieram aos príncipes e aos seus Estados, quando antes seguiram os seus sentimentos do que a razão, e que em lugar de se conduzirem pela consideração dos interêsses (sic) públicos, suas paixões foram seus guias, é impossível que eu não suplique a V. M. de refletir, a fim de que se confirme, cada vez mais, naquilo que sempre praticou em contrário[22].

---

[22]

Richelieu faz, em seu *Testamento político*, reflexões sobre o reinado de Luís XIII, antecipando-se a Bossuet em aproximadamente meio século nas indagações a respeito da submissão dos súditos ao rei, como fonte de onde emana a paz e a estabilidade do reino. O autor demonstra a firme convicção em preservar os ensinamentos e experiências que pôde vivenciar durante os 25 anos que atuou como primeiro-ministro da França. Exalta a importância de lembrar aos tempos vindouros as dificuldades em manter e organizar o Estado francês, bem como a maneira de o fazê-lo. A história serve de lição para os governantes observarem e adaptarem os acontecimentos passados aos problemas do presente. A esse respeito Richelieu afirma:

> Deus, tendo abençoado minhas intenções a tal ponto que a virtude e a felicidade de V. M. espantaram o presente século e serão admiradas pelos futuros, achei que os gloriosos sucessos me obrigam a fazer dêles (sic) à História, tanto para impedir que muitas circunstâncias, dignas da imortalidade, caíssem no olvido, pela ignorância daqueles que não as podem saber como eu, quanto para que o passado servisse de lição ao futuro. Pouco tempo depois de ter tido êsse (sic) pensamento, pus-me a trabalhar, acreditando não

---

RICHELIEU. op. cit. p. 141.

dever começar demasiado cedo o que só com minha vida terminaria"[23].

De início percebemos a concepção que permeia as reflexões de Richelieu, mas sua visão de tempo histórico permite traçar um perfil consideravelmente objetivo e determinado em seus textos pedagógicos, sendo importante ressaltar que em seu *Testamento*, escrito provavelmente entre 1635 e 1640, demonstra uma certa adesão ao pensamento de Maquiavel ao inferir a razão como condutora das coisas do Estado.

Apesar de indicar a razão, não ofusca a luz brilhante da devota ortodoxia católica, por ser cioso combatente em prol dos interesses da religião católica, fortemente arraigada na tradição do pensamento político moderno, argumentando que: "[...] os doutores e licenciados em teologia, sejam preferidos a todos aquêles (sic) que tiverem o mesmo grau em outras faculdades"[24]. É a partir das experiências obtidas em conflitos e guerras, internas e externas, que pode experimentar e selecionar um referencial estratégico de fatos úteis à instrução de Luís XIII.

Foram tantos os momentos de inusitada participação que o mesmo sente-se em condições de indicar alguns modelos éticos e morais ao longo de seu discurso, para que possam vir a servir de exemplo na

---

[23] Ibid., p. 13.
[24] RICHELIEU. op. cit. p. 99

promoção do poder e glória dos reis futuros, daqueles que vierem, por opção, buscar exemplos no passado, almejando traçarem racionalmente o caminho de um príncipe moderno, astuto e coerente com seu tempo.

Partindo da interpretação de Pierre Chaunu, pode-se afirmar que Richelieu age astutamente em busca da instauração de um Estado moderno, forte e centralizado, sendo que "entra no conselho em 1624, mas é em 1630 que se torna verdadeiramente o senhor livre de impor externa e internamente a sua concepção de Estado", pois, o "aniquilamento do partido devoto depois do protestante permite a Richelieu externamente fazer com toda a liberdade a política anti-habsburguiana dos 'bons Franceses' e dos protestantes"[25].

Já à nível da interpretação do próprio *Testamento Político*, Norbert Elias acredita que, durante a época em que Richelieu esteve no comando, juntamente com o Rei Luís XIII, muitos foram os problemas enfrentados principalmente no que tange ao centralismo do poder régio. As cortes ainda não se encontravam devidamente estruturadas, sendo a nobreza colocada em condições de submissão aos interesses da realeza.

As revoltas e traições enriquecem a memória de Richelieu no momento em que se envolve na escrita de suas *Memórias*. Deixa claro o sentimento que tem para com aqueles que ainda ameaçam o poder do rei: "[...] pensarem

---

[25] CHAUNU, Pierre. *A Civilização da Europa Clássica*. Lisboa: Editora Estampa, 1993. p. 121.

que por serem filhos ou irmãos do rei ou príncipes de sangue podem impunemente perturbar o reino, é estarem enganados. É muito mais sensato garantir o Reino e a Realeza que ter em atenção as qualidades que lhes conferem impunidade"[26].

Desse contexto impregnado por valores da época, preocupações cotidianas e revoltas contra a própria insubmissão ao rei, Richelieu intentou ideais voltados à seleção e exaltação dos fatos dignos de serem lembrados e analisados pelas gerações de príncipes futuros. Além do mais, acredita na praticidade dos pensamentos (co)agindo ainda em seu tempo.

De fato, na época em que Richelieu escreve é notável a permanência de tendências milenares voltadas à exaltação mirada ao príncipe e a realeza. Podemos dar crédito ao que Eric Voegelin teria pensado sobre a política e a devida importância que adquire de acordo com o contexto de dificuldades ou não, conforme a conjuntura. Suas palavras rememoram "As horas de crise, quando a ordem da sociedade fraqueja e se desintegra, são mais propícias à consideração dos problemas fundamentais da existência política em perspectiva histórica que os períodos de maior estabilidade relativa"[27].

Preocupado com a desordem reinante numa França chafurdada em querelas religiosas e sociais,

---

[26] RICHELIEU, apud ELIAS, Norbert. *A sociedade de corte*. Lisboa: editora Estampa, 1987. p. 164.
[27] VOEGELIN, E. op. cit. p.17.

Richelieu intenta na escrita de um *Testamento Político* buscando glorificar os feitos de Luís XIII indicando-lhe alguns caminhos pertinentes à caminhada da monarquia rumo ao futuro de glória, que ainda não existe, pois "Prometi-lhe empregar tôda (sic) minha indústria e tôda (sic) a autoridade que Lhe aprouvesse dar-me, para arruinar o partido huguenote, rebaixar o orgulho dos grandes, reduzir todos os súditos ao seu dever e exaltar o Seu nome nas Nações Estrangeiras, ao ponto que devia ser"[28].

A reflexão de Eric Voegelin cabe, aqui, no sentido de interpretar um dado autor passado e a relação com seu mundo. A sociedade humana como é concebida não permite que façamos dela um fato ou uma ocorrência exclusivamente influenciada pelo mundo exterior. A exterioridade constitui um dos componentes importantes, mas em relação ao todo não passa de um pequeno *cosmion*, cujo significado provém da relação existente entre os indivíduos que criam e recriam suas visões a respeito do que concebem como verdade. A ideia passa a vir do interior, uma intenção de diálogo com seu tempo, a ânsia de mostrar a alguém feitos realizados, o orgulho por ter recebido um cargo honroso e que precisa ser preenchido de belas obras.

Nessa linha de pensamento, não é satisfatório pensar na autonomia moral do homem, advinda ainda do humanismo renascentista, como um rompimento definitivo com a antiga "linguagem política", usando uma

---

[28] RICHELIEU. op. cit. p. 18.

expressão de J. Le Goff. O que realmente há de novo na obra de Richelieu? Será que suas concepções poderiam ser taxadas apenas de resquícios de uma tradição política antiga, ou existe um fundamento próprio que o conduz à escrita das memórias?

Referindo-se à linguagem política, J. Le Goff nos esclarece que "As idéias (sic) são apenas um pequeno setor [...] um pequeno fragmento no arsenal da instrumentação mental, são talvez os seus objetos mais elaborados, mas não os mais utilizados nem as mais úteis [...]"[29]. O presente analisado de forma combinada com o passado parece comportar as diferentes ambiguidades dos autores, sem no entanto, separar presente e passado de forma estanque.

O século XVII francês parece insistir em manter elementos típicos da argumentação dos *espelhos de príncipes* medievais, argumentos estes preservados em livros de história e em livros de natureza política, como memórias, testamentos e demais documentos que enxergam na exaltação monárquica os princípios mais adequados à ordenação social. Nos demais países europeus, que também puderam experimentar os regimes monárquicos, o gênero *espelhos de príncipes* já se encontrava consideravelmente enfraquecido quando Richelieu se ateve às reflexões sobre a monarquia francesa. Talvez, por preservar a tradição cristã, tenha alcançado maior êxito que todos os demais governos da Europa.

---

[29] LE GOFF, J. "As mentalidades: uma história ambígua". IN: *História: novos objetos.* Rio de Janeiro: Francisco Alves, 1976. p.214.

Como vimos, as reflexões políticas de Richelieu são indissociáveis de suas ideias sobre a História. Confunde-se em amplitude e determinação, não há como manter delimitações claras sobre o mundo concebido como obra da capacidade humana em apreender os exemplos passados, e a política extremamente ladeada por símbolos religiosos que se complementam. Ao que tudo indica, os *espelhos de príncipes* permanecem numa zona restrita da história *magistra vitae*, caracterizando-se como um subgênero, uma espécie de *magistra vitae* em escala miúda, voltada principalmente a exaltação de personagens conjugada no singular.

3
A VOCAÇÃO POLÍTICA: AS MELHORES IDEIAS DO CARDEAL DE RICHELIEU

> Assim como um corpo que tivesse olhos em tôdas (sic) as suas partes seria monstruoso, da mesma forma um Estado o seria se todos os seus súditos fôssem (sic) sábios; ver-se-ia aí tão pouca obediência, quanto o orgulho e a presunção seriam comuns. [30]
> **Cardeal de Richelieu**

Durante a primeira metade do século XVII francês é possível notar sensíveis modificações nos termos e na forma proposta para apresentar o Estado em sua pujança e suntuosidade. Talvez a mudança possa ser sentida em momento anterior, nas teorizações de Maquiavel, mas, sem dúvida, é na França que se produziu um número considerável de memórias e *testaments*, escritos

---

[30] RICHELIEU. *De l'instruction publique: la réforme des collèges*. In: *Oeuvres du cardinal de Richelieu*. Paris: Plon, 1933 (com introdução e notas de Roger Gaucheron). Pág., 183. Tradução aproximada.

principalmente por homens que atuaram na arena política, pensaram e destroçaram antigos preceitos e tradições, tudo para manter intacta a hierarquia e os poderes instituídos dos quais eram os representantes máximos.

A mudança, aliada à astuta preocupação em não romper com o passado, parece ter predominado, apesar das mudanças na maneira de pensar as estratégias terem sido mais frutíferas e intensas naquele período. Para uma melhor compreensão deste quadro, faz-se necessário delinear alguns aspectos do pensamento político desta época específica, cujas intenções distanciam-se em número e em grau dos sonhos e objetivos mirados pela contemporaneidade. Vale, portanto, perceber as condições de produção da época em que Richelieu escreveu seu *Testament Politique* e quais as possibilidades de se poder teorizar sobre o Estado e, de certa forma, as intenções implícitas no seu pensamento.

Para que a proposta tome rumos bem definidos, cabe informar o paralelismo constante, na análise entre *O Príncipe*, de Maquiavel e o *Testament Politique*, de Richelieu, do qual ele é o protagonista e informante dos jogos do poder, ambientado em seus próprios códigos. Obviamente, sem desmerecer a atualidade de suas "estratégias".

Não se quer atentar para uma linha de desenvolvimento pontuada pelo crescente aperfeiçoamento, entendido como um progresso contínuo, mas, ressaltar alguns aspectos que têm raízes fincadas no passado, que não permitem fazer apologias sem os devidos créditos ao pensamento político de longa data. De certa forma, a ideia suscitada por Hannah Arendt[31] sobre o desprestígio da esfera pública, na qual a participação dos cidadãos foi recuando para dar lugar a apenas alguns profissionais da política, parece ter um sentido lógico.

Os homens da Época Moderna não hesitavam em exaltar seus costumes, principalmente num tempo como este, em que o sagrado e o profano andavam juntos, apesar de o catolicismo ser a religião oficial do Estado francês. Com efeito, o título de "mais cristão dos reis" era conferido à autoridade real, por ter sido instaurada e legitimada pelo poder de Deus, que o colocou na posição diante da sociedade, sendo que "[...] as menores graças dos reis e de seus reinos, que representam na terra a imagem viva de Deus, são sempre muito maiores do que todas as ações dos homens em conjunto"[32]. Esta condição deve-se, basicamente, ao equilíbrio entre o poder da Igreja e da monarquia francesa, pois, como ressalta Richelieu, "[...] se os reis são obrigados a respeitar a tiara dos novos pontífices, eles também o são de conservar o poder da sua coroa"[33].

---

[31] ARENDT, Hannah. *Entre o passado e o futuro*. São Paulo: Perspectiva, 1972.
[32] RICHELIEU. *op. cit.* p. 154. Nota 54. Esta carta foi escrita por Richelieu em Abril de 1619, integra um conjunto variado de ideias selecionadas por Roger Gaucheron, integrando as *Oeuvres du cardinal de Richelieu.*
[33] RICHELIEU. *Ibid.* p. 198.

Willian Doyle[34], ao analisar os católicos de épocas posteriores ao antigo regime, afirma que os mesmos se referem ao período como uma "[...] época de fé e piedade autênticas, de consenso e de harmonia espirituais", apesar da existência de grupos opostos aos interesses religiosos do Estado monárquico, representado principalmente pelos huguenotes. Logicamente, as intrigas e as guerras favoreceram muito à concentração de poderes nas mãos do soberano. Como bem destaca C. B. A. Behrens, o imaginário sobre a monarquia ocidental

> [...] satisfazia as necessidades de comunidades politicamente não sofisticadas que encontravam conforto na idéia (sic) de que os seus destinos estavam confiados a um ser Todo-Poderoso e caridoso. O monarca absolutista, tal como Deus, que representava-o na Terra, era considerado pai do povo, a quem devia justiça e misericórdia em troca de obediência cega. Reconhecia-se evidentemente que o monarca, como ser humano, podia errar e que podia haver maus reis, como havia maus pais. Quando isto acontecia, partia-se do princípio forçosamente aceito como vontade de Deus, contra a qual revoltar-se não só seria ímpio como impolítico. A mesma espécie de argumentos usados para justificar a autoridade paternal, muito depois das monarquias absolutistas terem acabado, aplicava-se anteriormente para justificar a autoridade dos monarcas. A submissão ao pior dos monarcas era preferível à anarquia, ou governo de pequenos tiranos, as duas únicas soluções aceitáveis. A idéia (sic) de que os pais amam e zelam necessariamente pelos interesses

---

[34] DOYLE, Willian. *O Antigo Regime*. São Paulo: Ática, 1994.

dos seus filhos, era aplicada em relação aos reis, como em relação àqueles que possuíam escravos ou quaisquer outros detentores hereditários de autoridade.[35]

Os conflitos nobiliárquicos e as intermináveis guerras civis e religiosas, principalmente no tempo de Richelieu, momento em que a fragilidade do poder real ainda era um fato marcante, fizeram com que a França atravessasse um quadro de intensa instabilidade política e social. A busca pela paz, o medo da anarquia, o sonho de prosperidade levava os povos a crerem cada vez mais na justiça e no poder do rei, único capaz de trazer a justiça e a paz de Deus.

A monarquia passou a receber o *quorum* de que precisava para se estabelecer definitivamente no seio de uma sociedade extremamente marcada pela força de nobres que não se submetiam ao poder real. Dentro de uma visão geral do processo histórico pelo qual passou praticamente toda a Europa, naquele período, pode-se observar que a centralização do poder nas mãos régias (re)formulou o cenário político da Época Moderna.

Perceber como estavam sendo projetadas as ideias sobre o Estado e a monarquia, na época de Richelieu, significa compreender os descaminhos do pensamento político, captando quais os sentidos atribuídos e as

---

[35] BEHRENS, C.B A. *O Ancien Régime*. Lisboa, Verbo, s.d. p. 88-89.

reminiscências advindas de ideias do passado. O próprio cardeal acreditava na força das palavras, dos exemplos, da experiência e das lições práticas retiradas do passado ainda vivo em sua memória, porque:

> Para atingir esse fim, julgando com razão, que o sucesso que aprouve a Deus no passado dar às resoluções que V. M. tomou com suas mais fiéis criaturas, é um poderoso motivo para convidá-lo a seguir os conselhos que quero dar-lhe para o futuro, começarei esta obra, pondo-lhe diante dos olhos um quadro sucinto de suas grandes ações passadas, que lhe dão tanta glória, e podem ser chamadas, a justo título, o fundamento sólido da felicidade futura do seu reino. Este relato será feito com tanta sinceridade, ao julgamento daqueles que são fiéis testemunhas da história do vosso tempo, que ele dará a que todo o mundo acredite que os conselhos que ministro a V. M. não terão outro motivo que não sejam os interesses do Estado e a vantagem de vossa pessoa, da qual serei eternamente, Senhor, muito humilde, muito fiel, muito obediente, muito apaixonado e muito obrigado súdito e servidor, Armand, cardinal duc de Richelieu.[36]

Por documentar a atuação de Richelieu como primeiro-ministro da França, além de vasto conhecimento sintetizado em máximas, justamente num momento de intensa busca pela afirmação da monarquia, perante os

---

[36] RICHELIEU. *op. cit.* p. 11-12. Nota 55.

diversos grupos nobres existentes no reino, e a presença de um passado que não negava o desejo pela centralidade do poder, o *Testament Politique* apresenta-se como fundamental para o entendimento dos jogos do poder nos meandros da monarquia francesa.

Richelieu parece querer ressaltar de maneira grandiosa o período em que a sua presença passou a ser notada nas decisões políticas. Nada melhor do que indicar e utilizar os exemplos que pôde presenciar como primeiro-ministro, relembrando ao rei os momentos em que ele esteve melhor e as falhas que precisavam ser corrigidas, tanto no campo da diplomacia, como no da política e da guerra.

Richelieu, de fato, conseguiu administrar mais nitidamente uma situação política e religiosa que teria preocupado Maquiavel em suas elaborações teóricas. Isto se dá, principalmente, porque, numa avaliação da ação política, Maquiavel radicalizava ao distanciar os objetivos da vida privada daqueles relacionados à vida política. Quer dizer, o objetivo da política é o bem do Estado, enquanto o da moral cristã, dominante em seu tempo, é a salvação pessoal.

Em exemplos dessa natureza, Richelieu parece ter mantido distinção aproximada, mas não relegou nenhuma delas a um segundo plano. Apenas usou a que se lhe apresentava mais poderosa no momento que lhe convinha. Soube, sim, privilegiar aspectos da política em detrimento da intensiva religiosidade, mas nunca deixou de lado a possibilidade de usá-la em questões políticas. No final, a fé cristã é responsável pelo estabelecimento da ideia de bem comum propiciado pela monarquia.

No sentido atribuído ao pensamento político moderno é preciso recordar o cotejar de tradições e costumes que ainda marcam o pensamento de Richelieu. Dificilmente se consegue estabelecer os limites entre a Idade Média e a modernidade europeia: os especialistas costumam considerar a tomada de Constantinopla pelos turcos, em 1453, ou a chegada de Colombo à América, em 1492 como estes limites. Porém, o que se percebe é mais um movimento de continuidade do que de ruptura. Como diria Jacques Le Goff: "O passado respinga, sem dúvida, quando pretendemos sujeitá-lo e domá-lo com periodizações. Certas divisões são, contudo, mais destituídas de fundamento do que outras para assinalar a mudança"[37].

Com relação às controvérsias entre os pensadores medievais percebem-se poucas discrepâncias em relação ao pensamento religioso, mas elas se constituem em avultadas modificações, se relacionados aos movimentos que, posteriormente, adquiriram sentido, vindo de tal tradição. Apesar de não contestarem os símbolos cristãos, a monarquia e suas várias formas de atuação encontravam-se devidamente imbricadas e arroladas na trama das ideias políticas.

Representavam, de certa forma, inovações que acabaram por desembocar em teorias como as de

---

[37] LE GOFF, J. *O imaginário medieval*. Lisboa: Estampa, 1994. p. 21.

Maquiavel, cujas intenções miravam o Estado e as suas formas no sentido direto, sem as intervenções religiosas, até então dominantes, "[...] todavia, é verdade que Maquiavel revela alguma coisa, e não só teorizou sobre o real"[38]. Esta é uma questão que se encontra implícita, realçada e recalcada pela dinâmica social e política da qual Maquiavel fazia parte. De acordo com Antônio Gramsci, pode-se supor "que Maquiavel tem em vista 'quem não sabe', que ele pretende educar politicamente 'quem não sabe'"[39], na tentativa de transmitir um conhecimento e experiência que, mesmo utilizados por tiranos, contribuíram para se chegar a determinados fins. Qualquer meio se torna válido quando se almeja chegar a um determinado fim: "os fins justificam os meios". Maquiavel rompe com o passado ao pôr o homem frente a si mesmo, e não mais frente a um sistema de valores teológico religiosos. Os homens são predominantemente maus, acreditava Maquiavel, constituindo a postura numa honesta reação ao falso moralismo, que imperava à época.

A religião, para Maquiavel, serve como sustentáculo do poder, quando utilizada de forma hábil pelos governantes, porque canaliza as energias primitivas mais vigorosas do povo para a defesa da estabilidade e da ordem, revelando que não existe "nada mais necessário do que a aparência da religiosidade, já que de modo geral os homens julgam mais com os olhos do que com o tato:

---

[38] GRAMSCI, Antonio. *Maquiavel, a política e o Estado Moderno*. Rio de Janeiro: Civilização Brasileira, 1978. p. 10.
[39] GRAMSCI, Antonio. *Ibid.* p. 11.

todos podem ver, mas poucos são capazes de sentir"[40]. Apesar de Maquiavel ser cristão, dessa máxima nasceu a política moderna.

Para Quentin Skinner[41], ao pensar desta forma, Maquiavel detêm-se a exemplificar sobre a importância dos vícios que os *espelhos de príncipes* de então aconselhavam evitar a qualquer preço e, também, insiste que a experiência tem demonstrado que os príncipes mais bem-sucedidos foram aqueles que deram a palavra com ligeireza e souberam enganar os homens, valendo-se da astúcia e que acabaram triunfando sobre os príncipes que se pautaram pelos princípios da honestidade[42].

Maquiavel foi considerado como introdutor de uma teoria original que visava a divorciar a política da moralidade. Tentou decretar o fim da honestidade na política. No entanto, seus princípios levaram a crer que ele nunca rompeu com a tradição, pois almejava manter o Estado, conseguir glória e fama, como os *espelhos de príncipes* da época. A diferença crucial entre Maquiavel e contemporâneos residia nos métodos que uns e outros consideravam para se chegar aos fins desejados.

As virtudes morais do soberano perfeito de Richelieu podem ser consideradas compatíveis com as do príncipe perfeito de Maquiavel, apesar de o primeiro

---

[40] MAQUIAVEL. *A arte da guerra e outros ensaios*. Brasília, EUB, 1982. p. 111.
[41] SKINNER, Q. *op. cit.* p. 154. Nota 85.
[42] SKINNER, Q. *Ibid.* p. 154-155.

escrever num momento de intensa valorização do realismo político. Richelieu escreveu para atender a necessidades eminentemente práticas. Ele sim pode ser considerado o príncipe predileto de Maquiavel, para quem "[...] o príncipe deve ser ponderado em seu pensamento e ação, não ter medo de si mesmo e proceder de forma equilibrada, com prudência e humanidade, para que a excessiva confiança não o torne incauto, nem exagerada desconfiança o faça intolerável"[43].

Richelieu também concebe teorias sobre os meios para se chegar a dado fim. No entanto, concebe o estado da maneira anteriormente estabelecida por Maquiavel. Sua maior preocupação está na educação do príncipe, obra cujo fim seria a continuidade dos projetos que iniciou como primeiro-ministro, a que um príncipe nobre e astuto deveria dar continuidade. Atenta para que o que antes foi unido pela natureza, continue unido pela presença da razão de um rei astuto e coerente com seu tempo. Posto isto, dá-se voz a Richelieu:

> Estando reduzido à extremidade de não poder fazer nesse sentido o que desejava com paixão para a glória de vossa pessoa, e para a vantagem do vosso Estado; acreditei que ao menos não podia dispensar-me de deixar a V. M. algumas memórias daquilo que julgo mais importante para o governo deste reino sem ser responsável perante Deus. Duas coisas me obrigam a

---

[43] MAQUIAVEL, Nicolau. *O Príncipe*. São Paulo: Martins Fontes, 2ª ed., 1996. p. 80.

empreender esta obra. A primeira é o temor e o desejo que tenho de terminar meus dias antes que o curso dos de vós chegue ao seu fim. A segunda é a fiel paixão que tenho pelos interesses de V. M. o que me faz desejar não somente vê-la cumulada de prosperidade durante minha vida, mas faz-me ainda desejar ardentemente suprir meios para poder ver-lhe a continuação, quando o tributo inevitável que cada um deve pagar à natureza impedir-me de poder ser testemunha[44].

Surge a preocupação velada em preservar o seu nome para a posteridade, não querendo ver os esforços se esfacelando diante da imprudência e da fraqueza dos príncipes posteriores, apesar de ter endereçado seu *Testament Politique* ao rei Luís XIII. Isto, de certa forma permitiu ao príncipe uma mobilidade perante os instrumentos de poder do Estado monárquico, a menos que não soubesse como conduzir determinada ação com razão e acuidade.

A entrada em cena de ideias bem diversas das que o europeu costumava acreditar docilmente como sendo verdadeiras, de povos vivendo segundo padrões bem diferentes, ocasionou o surgimento de novos ideais e uma vaga dúvida, que abriu caminho para a descrença. Foi a era dos libertinos como Pierre Bayle, na França, e Tyndal, na Inglaterra. O mundo das ideias foi revirado de ponta-cabeça por homens que nada respeitavam e nada temiam.

---

[44] RICHELIEU. *op. cit.* p. 10-11. Nota 55.

Tornou-se comum um certo apego e crença na razão humana.

Com certeza, Richelieu não estava alheio às inovações que permeavam o círculo dos pensadores da época, nem menos as produzidas durante sua vida. Como leitor preocupado em acompanhar as novidades, ele dispôs de vasta biblioteca, com mais de seis mil títulos versando sobre direito, ciência, medicina, literatura, história e geografia[45]. Não se interessava apenas pela reunião de obras diversas, mas, financiava para que outras fossem devidamente elaboradas, com rigor, apesar de ter incentivado com maior veemência as que fossem "[...] úteis para a glória do rei, para o progresso da religião e para o desenvolvimento das letras"[46]. Richelieu não estava distante dos pensadores de seu tempo. Mesmo daqueles que o antecederam.

Um exemplo claro de suas concepções e entendimentos sobre a forma mais adequada de governar uma monarquia, os conselhos que atribui em seu *Testament Politique* dão mostras claras de que acreditava efetivamente no domínio da razão, para que se alcançasse objetivos pensados, quase calculados, pois "A razão deve ser a regra na condução de um Estado"[47], razão que, pouco a pouco, passou a ser uma das virtudes principais do catálogo de Richelieu:

---

[45] KNECHT, R. J. *op. cit.* p. 205. Nota 32.
[46] KNECHT, R. J. *Ibid.* p. 206.
[47] RICHELIEU. *op. cit.* p. 56. Nota 55.

A luz natural faz conhecer a cada um que o homem tendo sido feito racional, nada deve fazer que não seja pela razão, pois que de outra forma agiria contra sua natureza, e por consequência contra ele próprio. Ela ensina ainda que quanto mais um homem é grande e elevado, mais deve aproveitar desse privilégio, e menos deve abusar do raciocínio que constitui o seu ser; porque as vantagens que tem sobre os outros homens constrangem-no a conservar o que é da natureza, e do fim a que se propôs com a elevação que o criou [...] o homem é soberanamente racional, deve soberanamente fazer reinar a razão, o que não requer somente que nada ele faça sem ela, mas o obriga, além disso, a fazer mais com que todos aqueles que estão sob sua autoridade a reverenciem seguindo-a religiosamente.[48]

Pertencendo ao círculo dos eclesiásticos, Richelieu privilegia, além da razão, virtudes profanas de uma raiz renascentista, como a coragem, a severidade e a força, o que lembra muito sua educação militar. Ele lembra as concepções do florentino Maquiavel, cujas teorias poderiam ter chegado ao seu conhecimento diretamente ou indiretamente.

Maquiavel vai ao extremo para fornecer receitas para se manter no poder: "Se fosse possível modificar

---

[48] RICHELIEU. *Ibid.* p. 56-57.

nossa natureza, para ajustá-la aos tempos e às circunstâncias, nossa sorte jamais mudaria"[49]. A busca pelo domínio da natureza, a preocupação em formular regras e fornecer "receitas" para a obtenção e manutenção do poder acabou por se tornar um objetivo máximo entre os autores que teorizavam sobre o poder e o Estado durante os séculos XVI e XVII, inclusive Richelieu, apesar de ser dotado de um pragmatismo inconfundível.

Estes princípios podem ser claramente encontrados em pensadores como Erasmo, Hobbes e Maquiavel, todos acreditando que o homem é sujeito responsável pela sua própria existência. O homem precisa conhecer as forças ocultas da natureza para conseguir dominá-las.

Não obstante, praticamente toda a época que precede o período de Richelieu manteve a preocupação em definir quais eram as formas de governo mais adequadas às circunstâncias em que eram apresentadas por seus formuladores. Até mesmo Maquiavel não deixou de pensar sobre um modelo de governo para a Itália. Chegou mesmo a destacar alguns Estados que maior prestígio obtiveram utilizando modelos bem claros de organização política: "[...] dentre os reinos bem governados e bem organizados de nossos tempos, conta-se a França, onde se encontram inúmeras instituições boas, das quais depende a liberdade e a segurança do rei [...] os príncipes devem fazer os outros aplicarem as punições e eles próprios concederem as

---

[49] MAQUIAVEL. *op. cit.* p. 128. Nota 152.

graças"[50].

Neste aspecto, uma das principais contribuições de Maquiavel se relaciona à substituição da "[...] tripartição clássica, aristotélico polibiana, por uma bipartição. As formas de governo passam de três a duas: principados e repúblicas"[51]. Mesmo porque uma substancial mudança no vocabulário, por exemplo, o termo "Estado", pode ser percebido a partir de Maquiavel, como a mais notável observação é de que "todos os Estados que existem e já existiram são e foram sempre repúblicas ou monarquias"[52].

Além disto, é preciso notar como as aparentes divergências entre o pensamento político à época de Maquiavel, apesar de corresponderem a outro tempo/realidade, se constituem numa rica fonte de estudos se pensarmos nas tramas e nos jogos do poder no interior das teorias propostas, teorias que em Richelieu se transformam num modelo pragmático de conduzir uma forma de governo já estabelecida e incontestável. Sendo assim, Richelieu destaca como primordial a preocupação em orientar o rei e seu poderio no interior do Estado, representando ao príncipe o que podem fazer os reis quando usam bem o poder, obviamente sempre amparado nas bênçãos de Deus. No caso de Maquiavel, ainda persistiam ideias sobre qual deveria ser o modelo ideal de governo, para as então facções existentes entre as cidades

---

[50] MAQUIAVEL, Nicolau. *op. cit.* p. 90. Nota 155.
[51] BOBBIO, Norberto. *op. cit.* p. 83. Nota 89.
[52] MAQUIAVEL, Nicolau. *op. cit.* p. 90. Nota 155.

italianas.

Partindo do princípio de que uma das preocupações primordiais dos pensadores medievais, que marcou e influenciou em muito o período em que Richelieu viveu, foi a incisiva tentativa de caracterizar o *Espelho* como sendo o lugar da contemplação, a porta por onde os soberanos podem receber a luz, que é refletida pela luz divina da sabedoria. Não obstante as diferenças no tempo e as experiências e preocupações distarem um pouco, tal perspectiva procurou ver o *Espelho* como um local certo onde os reis poderiam exercer sabiamente o ofício da justiça à maneira dos antigos.

A preocupação de Richelieu ao escrever seu *Testament Politique*, de certa forma, não estava longe das preocupações reveladas por seus antepassados no medievo. Mas, se percebe um rejuvenescimento em suas teorias, ampliando o foco para uma mais bem detalhada descrição das funções do rei e do seu Estado no seio da monarquia francesa. Era, portanto, uma busca pela perfeição, por intermédio dos exemplos do passado que permaneceram vivos na memória, ao passo que os *espelhos de príncipes* medievais, que fizeram nome e marcaram época, buscavam utilizar exemplos passados retirados da Bíblia e das histórias dos grandes reis do passado, como, por exemplo, Salomão.

O *Espelho* medieval representava a sabedoria e integrava o conjunto de simbologias do poder monárquico e da educação do príncipe. Surgiu a ideia de que a imagem de uma pessoa pode ser passível de receber a influência de seu modelo, tal qual um espelho recebe a imagem e a reflete de quem está à sua frente. No caso de Richelieu, o que ocorre é um desfile de exemplos históricos e modelos práticos, conduzindo a sua análise para demonstrações sobre as virtudes das realizações, os pontos falhos das mesmas e as condições que poderiam ser melhoradas e conservadas.

Um exemplo claro da preocupação em esmiuçar os detalhes das conquistas reside na descrição de uma disputa entre os reis da França e da Espanha. Segundo consta, a preocupação central era o partido huguenote francês, que recebia ajuda da Espanha. Richelieu destacou o quão importante foram os esforços do rei para impedir que o partido huguenote obtivesse êxito perante o poder real, e que foi a má fé dos espanhóis que os fez perecer diante dos exércitos reais franceses. Sobre a má fé dos espanhóis, Richelieu argumentou que os reis podiam utilizar qualquer socorro para evitar a perda do Estado.

Temos, em função disto, a noção de que os reis podiam e deviam usar os exemplos para aprender lições que pudessem servir para futuras disputas ou problemas que pudessem afligir o Estado. Uma das lições práticas utilizadas por Richelieu teve como exemplo uma disputa entre a França e a Espanha, que lhe garantiu os argumentos necessários para mostrar ao rei como devia agir em casos extremos, quando as estratégias e as alianças não podiam garantir a salvação do Estado, devendo-se ter claro que "[…] Richelieu desapontou, ao mesmo tempo, os temores huguenotes e as esperanças dos católicos extremados"[53], privando os huguenotes de todos os privilégios civis, políticos, militares, proibindo cidades que se dedicavam exclusivamente à prática da crença, as fortalezas e os portos, que faziam do grupo um órgão isolado do Estado. Permitiu, porém, que praticassem a sua religião.

Os católicos protestaram perante Richelieu, dizendo que o muito cristão rei da França deveria ser conclusivo em relação aos huguenotes, pois estava perdendo espaço para o imperador Fernando. Richelieu usou da tolerância no trato com ambas as religiões, sem aceitar provocações que pudessem resultar em conflitos como os que ocorreram no passado. De fato, ele se justificou usando o imperativo nacional, preferindo compactuar com a política henriquina, tanto na política interna quanto na externa[54].

Entre os objetivos submersos, expressos em gama infindável de teorias dirigidas à formação da alma humana, encontram-se os entrelaces do poder, os jogos e a busca pela astúcia, virtudes capitais de um código que se amplia

---

[53] WEDGWOOD, C. V. *op. cit.* p. 53. Nota 38.

[54] LADURIE, Emmanuel Le Roy. *op. cit.* p. 273. Nota 65. De acordo com Ladurie, Richelieu, tão católico quanto ao resto, acabou conformando-se à política de Henrique IV, principalmente no que se refere às relações diplomáticas com Londres, Amsterdam, Berna, Genebra e também com a Alemanha parcialmente luterana e com os escandinavos. Mas um detalhe, esta relação puramente diplomática se passou como se Henrique IV nunca tivesse abjurado o protestantismo, o que justifica o diálogo de Richelieu com ambas as fés no interior do reino.

com o passar do tempo. Para Richelieu, a preocupação maior estava no fato de encontrar o sentido dos acontecimentos passados, para fornecer um argumento racional para entender o que foi prejudicial ao Estado monárquico, almejando educar através de uma subjetiva informação extraída de lições efetuadas a campo. Suas preocupações delimitaram um campo simples de visualizar: o rei não precisava conhecer muito do passado para entender as explicações didáticas que Richelieu tentava lhe transmitir, pois, resultaram de momentos que o rei pôde presenciar e sentir os efeitos.

Para demonstrar ao rei os perigos que ameaçavam os reinos quando eles têm seu destino guiado pela sorte, Richelieu descreveu com precisão uma disputa acirrada entre a França e a Espanha. Elaborou com maestria os argumentos através dos quais alertou o rei sobre os perigos de decisões serem tomadas quando a sorte já tivesse dado a decisão sobre o problema. Conforme Richelieu, o resultado foi pouco catastrófico para o rei e seu Estado por pura obra do acaso.

Ao usar exemplos práticos, Richelieu sempre recorreu às combinações religiosas e estratégicas, deixando nas mãos de Deus as conquistas que a prudência e a força dos homens não pudessem garantir.

No auge do Absolutismo francês, são encontrados elementos cada vez mais intrínsecos de um poder que se queria mais e mais centralizado. A monarquia, já amplamente liberta das amarras que na Idade Média mantinham a realeza inferiorizada diante dos interesses da

Igreja Católica, começava a traçar seu próprio caminho no interior de limites territoriais. As monarquias podiam ser caracterizadas como um forte elemento reestruturado sobre a estrutura da Igreja, ou seja, irromperam de seu círculo restrito de influência através das ramificações da Igreja, que se constituíam em ligações diretas com toda a área de influência da monarquia. O que antes era atuação da Igreja, a partir de então também passou a ser atuação da monarquia.

No tocante a Richelieu, sua preocupação maior era justamente em manter as estreitas ligações da monarquia com todas as regiões da França, subjugando os poderes locais ao poder centralizador da monarquia. A própria intenção de manter centralizado o que parecia ter mais força no centro do que na periferia, revelava todo um jogo de interesses do poder. Maquiavel já atentava para o sentido das artimanhas do poder, informando sobre os meios utilizados, desde longa data, para a manutenção do poder centralizado, mesmo sendo difícil reconhecer resultados satisfatórios de forma imediata.

De modo claro, até mesmo a ambição de Richelieu pôde caracterizar uma estratégia política no interior da monarquia francesa, numa estratégia que visava a confundir o seu enriquecimento com o da França, pois sempre que pôde, nomeou familiares para os mais altos e influentes cargos. Talvez tenha sido esta a maior diferença entre as estratégias políticas indicadas por Maquiavel e as de Richelieu. O último foi considerado, posteriormente, como o membro da Igreja que mais benefícios eclesiásticos recebeu em toda a história da França[55], porque, de fato, a partir do momento em que passou aos trabalhos de primeiro-ministro foi notável a determinação de Richelieu em reunir cargos oficiais, terras, domínios, benefícios eclesiásticos e *rentes*[56]. Mas, apesar da administração das coisas do Estado muitas vezes parecer se confundir com seus interesses pessoais, na verdade sempre foi um grande defensor dos interesses do reino francês.

Segundo C. V. Wedgwood, muitas vezes se subestima o papel desempenhado por grandes homens na história, mas, sem dúvida, não há como deixar de fora da evolução do Estado monárquico francês uma figura expressiva e catalisadora como Richelieu. Entretanto, fica difícil considerar o destaque da França no cenário europeu sem pensar nos esforços laboriosos de uma maioria camponesa, pelos seus artesãos industriosos, pelos inúmeros trabalhadores dos teares, da burguesia, dos donos de lojas e de outras atividades.

É preciso considerar que "Richelieu realizou apenas o que era necessário. Não foi, além disto, um estadista criador, pois não inventou nada de novo. Tomou, segundo os ditames da ocasião, os elementos que já existiam no Estado francês e os fortaleceu às expensas dos outros"[57], mesmo porque, inovar não fazia parte do

---

[55] BERGIN, J. *op. cit*. p. 197. Nota 35.
[56] *Rentes* – título de crédito do governo normalmente emitido para segurança das receitas municipais. Um *rentier* era uma pessoa que vivia desse tipo de investimento.
[57] WEDGWOOD, C. V. *op. cit*. p. 9. Nota 38.

vocabulário de Richelieu. Ele tentou, apenas, apreender a nova realidade que se apresentava. Sendo assim, conforme C. V. Wedgwood, a monarquia francesa poderia ter decaído internamente por causa da corrupção, como ocorreu com a monarquia espanhola, mas, ao contrário, a França afirmou sua monarquia. Por isto, Richelieu "deve ser considerado como uma das figuras individuais de grande significação na história européia (sic)"[58].

Na época em que a França ainda vivia momentos de intensa transformação, no seio da qual Richelieu atuou e informou como funcionavam os jogos do poder, as estratégias utilizadas – apesar de muitas delas não surtirem efeito algum e outras ainda esparsamente produzirem efeitos satisfatórios aos seus olhos –, parecia haver uma preocupação em delimitar o campo a ser influenciado por sua reflexão: a ação do príncipe diante do Estado monárquico. É notável esta preocupação.

> Se minha sombra, que aparecerá nestas memórias, pode depois de minha morte contribuir em algo para regular este Estado, ao manejo do qual vós me destes mais parte do que eu merecia, estimar-me-ei extremamente feliz.[59]

A maneira como Richelieu pensou a política, o ato

---

[58] WEDGWOOD, C. V. *Ibid.* p. 9.
[59] RICHELIEU. *op. cit.* p. 11. Nota 55.

de escrever um *Testament Politique* para informar ao rei os feitos conquistados no decorrer do ministério, a preocupação de projetar a França perante os demais Estados e monarquias europeias constituem feitos que, mais tarde, Luís XIV usaria como modelo para a escrita de suas *Memórias*. A crença na formulação e na teorização de exemplos práticos calcados no passado e na busca pela razão humana forma o cerne da discussão *richeliana*.

Talvez a apresentação de um catálogo de virtudes capitais a um príncipe, que se desejava grande em poder e em dignidade, servisse para a compreensão de um mundo deveras estranho aos olhos da contemporaneidade, mas que, ainda no princípio da centralização dos Estados nas mãos do monarca, revelava os jogos e os códigos que propiciavam a sua manutenção. Em uma de suas exortações, Richelieu concebeu o valor moral como um dos elementos-chave para a manutenção do poder, um princípio de reciprocidade, já que

> Deus sendo o princípio de todas as coisas, o soberano senhor dos reis, e aquele que sozinho os faz reinar em paz, se a devoção de V. M. não fosse conhecida de todo o mundo, eu começaria este capítulo que concerne a sua pessoa, lhe referindo que se ela não segue as vontades de seu criador, e não se submete às suas leis, ela não deve esperar fazer seguir as suas e de ver seus súditos obedientes às suas ordens. Mas seria uma coisa bem supérflua exortar V. M. à devoção; ela aí está tão importante por sua própria inclinação, e tão confirmada pelo hábito da virtude, que não é de temer

que ela daí jamais se separe.[60]

O príncipe devoto, na concepção de Richelieu, conquista adesão social, inspira confiança e os súditos passam a ver no rei a piedade, o bom governo. O rei impiedoso era visto com maus olhos, desde a Idade Média. Com Richelieu, esta concepção revela a importância da religiosidade para a vida no interior do reino francês, afastando a política da aparência de religiosidade. Em Maquiavel, a característica de denúncia se apresentava mais clara, quando afirmava que "nada mais necessário do que a aparência da religiosidade, já que de modo geral os homens julgam mais com os olhos do que com o tato: todos podem ver, mas poucos são capazes de sentir"[61].

Com Maquiavel, o príncipe parece ocupar apenas o lugar de maior destaque na cena política, o que descarateriza completamente as afirmações exageradas de Antônio Gramsci: "O Príncipe toma o lugar, nas consciências, da divindade ou do imperativo categórico, torna-se a base de um laicismo moderno e de uma laicização completa de toda a vida e de todas as relações de costume"[62]. O que para Maquiavel é a sublimação do leigo, para Richelieu é o rei virtuoso, astuto e, acima de tudo, religioso. Ou seja, para o Cardeal a religião era essencial para o Estado francês, diferentemente do que concebia

---

[60] RICHELIEU. *Ibid.* p. 13.
[61] MAQUIAVEL. *op. cit.* Nota 152.
[62] GRAMSCI, Antonio. *op.cit.* p. 09. Nota 150.

Maquiavel.

A busca incessante pelo poder e o medo da frustração talvez tenham levado Maquiavel a pensar sobre o poder e a desvendar os mistérios que o delineavam. Assim sendo, sua forma de expressão direta, sem meias palavras, utilizando a informação fácil como um objetivo, última tentativa de alcançar as graças da família Bórgia, fez com que explicasse de forma franca sobre como agir e como montar estratégias políticas. De certa forma, seus sentimentos pareciam aflorar com maior destaque, pois um tempo de fortes instabilidades, tanto políticas quanto na vida de cada indivíduo, o fez pensar sobre como sobreviver no mundo conturbado e dominado pelo medo.

A preocupação em demonstrar a aparência de religiosidade não se afigurava tão direta e informativa para Richelieu. O que aparecia eram indicações de que o rei precisava venerar a Deus para receber de igual forma veneração. Ao fazer isto, Richelieu demonstrou claramente a importância da fé cristã para quem se encontrava no poder, não precisando conquistar ninguém com verdades chocantes. Talvez possa ser mais revelador perceber a busca pelo domínio sobre dada situação, em que para se conquistar a confiança de um príncipe era mais importante manter a tradição do que romper com ela, efetivamente. Preservar a ideia de que o rei deve ser o primeiro em devoção não causa transtorno para quem escreve e nem para quem lê – no caso Luís XIII –, pois qualquer deslize na escrita pode levar o leitor a entender ser o recado de um herege. Neste caso, "[...] o texto persegue uma estratégia e, por isso, é fundamental conhecer quem ele define como leitor"[63].

Richelieu sempre teve em mente uma preocupação maior: informar ao rei. Esta era a condição fundamental para o sucesso de seu empreendimento intelectual, sempre com o discurso repetitivo de que o rei já tinha vivido ou presenciado até mais do que o próprio Richelieu. Isto, talvez, lhe garantira a "chefia" sobre uma dada condição, em que o poder da palavra escrita não significasse o seu ocultamento, mas a sua constante afirmação através da lembrança.

Para intentar empreitada desta envergadura, utilizou-se, obviamente, de seu caráter pragmático de ver e pensar as coisas para esmiuçar os exemplos, os erros e os acertos. É justamente este pragmatismo que dá o tom das estratégias richelianas, onde o que está implicitamente subentendido, às vezes, caracteriza mais do que grandes apologias. Quando indagado sobre as coisas do Estado, ou pedidos difíceis de serem realizados sempre respondia de forma astuta e atenciosa com um "vamos ver" – expressão também atribuída a Luís XIV –, maneira que não comprometia sua autoridade e nem causava transtornos momentâneos.

As preocupações de Richelieu distanciavam-se em muito das reais preocupações de Maquiavel, mesmo com relação aos objetivos de seus escritos, pois o primeiro pôde pensar e escrever ao mesmo tempo em que atuava como primeiro-ministro da França. Tendo uma trajetória menos

---

[63] RIBEIRO, Renato Janine. *op. cit.* p. 121. Nota 22.

trágica do que a de Maquiavel, seu próprio estilo apontava para uma maior reserva, um menor desespero e preocupação em alcançar as graças do poder a qualquer custo. Suas argumentações sobre a variedade de assuntos que tratou em seu *Testament Politique* demonstraram menos preocupação em escandalizar do que de fato demonstrar exemplos de conduta, tanto religiosa quanto política.

Richelieu parecia ter noção mais clara ao estabelecer funções que exigiam constante visão retrospectiva e prospectiva na interpretação das ações e intenções de outras pessoas, o que aparentava valorizar mais a interdependência – usando expressão de Norbert Elias[64] – entre as pessoas nos jogos do poder. Isto se deve, sem dúvida, a um período em que as condutas individuais sofreram drásticas transformações, principalmente no que dizia respeito à liberalidade das atitudes e dos sentimentos.

Havia uma preocupação crescente com códigos de conduta pessoal que pareciam conduzir para um autocontrole, em que desmascarar atitudes políticas seria incorrer em grave erro. Por esta razão, o *Testament Politique* demonstra bem que a melhor das maneiras é "[...] fortificar-se cada vez mais contra os escrúpulos"[65], isto porque

Os golpes de espada curam-se facilmente, mas o mesmo não se dá com os da língua, particularmente

---

[64] ELIAS, Norbert. *op. cit.* p. 206-207. Nota 119.
[65] RICHELIEU. *op. cit.* p. 14. Nota 55.

vindos dos reis, cuja autoridade torna os golpes quase sem remédio se este vem deles mesmos. Mais uma pedra é jogada do alto, mais impressão faz onde cai; tal não se incomodaria de ser atravessado pelas armas dos inimigos do seu senhor que não pode suportar o menor arranhão de sua mão. Assim como a mosca não é pasto para a águia, e o leão despreza os animais que não são da sua força; um homem que atacasse a uma criança seria censurado por todo mundo, também ouso dizer que os grandes reis não devem nunca maltratar com palavras os particulares que não têm grandeza proporcional à sua grandeza. A história está plena de maus acontecimentos provindos da liberdade que os grandes antigamente davam à sua língua, com prejuízo da pessoa que eles estimavam de nenhuma consideração[66].

O rei não poderia agir e desferir golpes como se fosse alguém inferior a ele, pois, agindo desta forma, afetaria a sua própria condição. O rei deveria estar acima de qualquer picuinha, mesmo que, no momento de sua ocorrência, a vontade fosse a de descarregar a raiva. Para dar estes conselhos ao rei, Richelieu demonstrava toda a sua experiência, quando os sentimentos, em alguns momentos, devem dar lugar à razão.

Ao que parece, Richelieu pôde controlar sua vida demonstrando dominar seus sentimentos através da razão. De acordo com Knecht e Woodgod, Richelieu sempre

---

[66] RICHELIEU. *Ibid.* p. 18-19.

esteve à mercê de fortes enxaquecas, mas viveu até idade, de certa forma, avançada, por ser muito disciplinado e por cuidar para não exagerar nos prazeres que a vida lhe oferecia. Não dispondo de saúde muito boa, conduziu sua vida mantendo as reservas e a disciplina para que não viesse a sofrer ainda mais por desleixo. Por isto, pôde indicar ao rei que fizesse o mesmo, pois fazia bem à saúde do rei e à do Estado.

Pode-se estabelecer uma série de ideias que, à época, começavam a dominar aqueles cuja função política exigia moderação e autocontrole, momento em que uma visão retrospectiva e prospectiva na prática de qualquer ação começava a se apresentar cada vez mais como uma necessidade para a manutenção da imagem real e da ordem no reino. Parece evidente que a imagem do rei começava a sofrer uma sobrevalorização, em que a cena política precisava de um protagonista, não para conduzir, mas para manter os coadjuvantes e os figurantes em sua posição na teatralidade monárquica.

Enquanto Maquiavel demonstrava ao príncipe virtuoso como conquistar e manter seu Estado, Richelieu garante ao seu rei como conservar o poder nas mãos daquele que era, por direito divino, o lugar-tenente de Deus na terra. O príncipe não precisaria muita inovação para garantir o sucesso de suas empresas, valendo mais a moderação do que a própria ação desatinada, pois, de acordo com Richelieu, "em matéria de negócios, aquele que deseja fazer bastante deve dar muito valor e não recusar nenhum meio de todos aqueles que se propõem a chegar a seus fins"[67].

Enquanto na Antiguidade Clássica a preocupação predominante era a educação da alma humana, para o seu crescimento e a subsequente convivência harmônica e natural entre os homens, na Época Moderna se almeja educar primeiramente para a vida cristã e, depois, para manter e dominar. O discurso parece ser menos franco, mais subjetivo, em alguns momentos, e, direto e implacável, em outros. Parece haver uma mescla entre a harmonia antiga e o ar combativo e pujante de um Maquiavel.

Na Antiguidade, e boa parte da Época Medieval, calcada sobre a primeira, a discussão permitia um leque geral e exploratório sobre as diferentes experiências humanas, baseadas em princípios que tentavam desvendar as formas de governo que melhor atenderiam aos interesses humanos, bem como, exemplos diversos para modelar a alma humana a um estágio de equilíbrio. Quando se fala da Antiguidade, as teorias, como as de Platão e de Aristóteles, apesar das divergências, buscavam o equilíbrio: tudo que destoava do humanamente possível numa sociedade corria contra os princípios da natureza. Durante a época de Richelieu, o homem também precisava manter-se estável em seu lugar, mas a movimentação já não atentava contra natureza, uma vez que cabia ao homem construir seu próprio destino, por intermédio da fé, da astúcia e da razão.

---

[67] RICHELIEU. *op. cit.* p. 170. Nota 54.

É justamente na época de Richelieu, momento em que a razão é elevada, que ocorreu uma sensível modificação: o homem buscava a razão para se libertar dos medos passados, e o poder instituído contemplava a razão para apreender os modelos a serem assimilados para a manutenção dele. A forte influência do Renascimento parece ter contribuído para tornar o homem o centro da discussão, cabendo a ele encontrar a felicidade, ou, o seu antônimo, através de atitudes pensadas, de atos calculados, medidos. Para que isto fosse possível, a razão se qualificava como um elemento importante, mas se ela não estivesse mais ao alcance nas questões de Estado, Deus não recusaria seus socorros para o bem do Estado: "O governo do reino requer uma virtude máscula, e uma firmeza inquebrantável, contrário à fraqueza, que expõe aqueles em que ela se encontra à ação dos seus inimigos"[68].

Para Richelieu, as regras serviam apenas como um elemento a mais na manutenção da ordem. No caso delas não prestarem ao exigido, o rei podia muito bem transgredi-las a bel-prazer, porque as suas atitudes constituíam a própria lei, devendo saber os momentos em que a aplicação se via igual a um tratamento de doença no interior do corpo do Estado francês. Mais que simples indagações, a compreensão do tempo, as perspectivas e imagens dos problemas que Richelieu enfrentou no cotidiano francês correspondiam aos momentos em que discute suas respectivas estratégias para a manutenção do poder. Obviamente, não haveria necessidade de elaborar

---

[68] RICHELIEU. *Ibid.* p. 58.

com tanto afinco teorias que pudessem contribuir diretamente na conduta do príncipe, se não existissem disputas, conflitos internos e externos, confusões constantes assimiladas e transferidas para o papel em forma de conselhos.

Foram diversas as representações incidindo diretamente na escrita do *Testament Politique* de Richelieu. Certamente, a preocupação maior em orientar da melhor maneira possível o príncipe e o seu Estado não descartava a possibilidade de demonstração dos jogos do poder no interior da monarquia francesa. Não basta, porém, identificar apenas este elemento. É preciso ir além e perceber quais eram os interesses que o motivaram a escrever, para que se possa compreender com mais clareza por que o nosso olhar capta as insistentes "denúncias" –no sentido de involuntárias – por ficarmos chocados com as medidas que eram tomadas contra aqueles que desafiassem ou irrompessem com a ordem preestabelecida. Não precisamos nos distanciar muito de nossa época para percebermos a reação dos que detêm o poder de coerção: basta estarem ameaçados de perda que a represália aparece como solução imediata.

A manutenção do poder, conforme apresentado por Richelieu, buscou precaver-se de qualquer adversidade que pudesse corroer o sentido único e indivisível dado por Deus aos súditos e à monarquia: a casa do Deus pai é hierarquicamente funcional. Cada qual possui um destino pré-determinado por uma lógica cristã e não cabe ao homem alterar e conturbar esta ordem. Cada qual, nas suas respectivas funções, atuando de acordo com o que lhes foi ordenado e permitido. Percebendo a dualidade do pensamento de Richelieu, vemos como o *Testament Politique* transita entre a ordem social, pautada na lógica cristã medieval, e, de modo diverso, entre os preceitos da razão pragmática, mais evidente no período que corresponde à modernidade europeia.

Uma citação de Richelieu reflete muito bem o sentimento do primeiro-ministro e o de muitos de seu círculo, pois o bem do reino francês estava acima de qualquer sacrifício:

> Sei bem que, quando os reis empreendem trabalhos públicos, diz-se com verdade que o que o povo ganha lhe volta pelo pagamento de taxas. Da mesma maneira pode-se sustentar que o que os reis tiram do povo ao povo volta, não havendo adiantamento senão para retirar pelo gozo do seu repouso e do seu bem, que não lhe pode ser conservado, se não contribui para a manutenção do Estado. Sei, além disso, que vários príncipes perderam seus Estados e seus súditos por não manterem a força necessária à sua conservação, de medo de os sobrecarregar; e vários súditos caíram em servidão de seus inimigos por quererem demasiada liberdade sob seu soberano natural; mas há um certo ponto que não pode ser ultrapassado sem injustiça; o sentido comum ensina a cada um que deve haver proporção entre o fardo e a força daqueles que o suportam. Essa proporção deve ser tão religiosamente observada que assim como um príncipe não pode ser considerado bom se tira mais do que é preciso dos seus súditos, os melhores não são sempre aqueles que tiram

senão aquilo que é preciso.[69]

A denominação dada por Richelieu é reveladora por apresentar o *peuple* como a parte de um todo integrado pelo reino. Um verdadeiro corpo político. A proporção dos argumentos, apresentada no *Testament Politique*, demonstra o quão importante o povo se revela aos seus olhos. Apesar de ser retratado em poucas páginas, revelou que todos devem se submeter ao soberano interesse do reino francês. Nesses termos:

> [...] Como quando o homem está ferido, o coração, que se enfraquece pela perda de sangue, não chama em seu socorro o sangue das partes baixas senão depois que a maior parte do sangue da parte alta está esgotado; assim também nas grandes necessidades do Estado, os soberanos devem tanto quanto podem prevalecer-se da abundância dos ricos, antes de sangrar os pobres além do ordinário[70].

Richelieu, certamente, utilizou estes argumentos para lembrar ao rei de seus deveres perante Deus. Apesar de toda a reserva com relação ao tratamento dado ao povo, também vislumbrava diante de si o compromisso religioso, lembrando ao monarca de seus deveres. As possibilidades

---

[69] RICHELIEU. *Ibid.* p. 103.
[70] RICHELIEU. *Ibid.* p. 103.

de recusar toda uma tradição religiosa extremamente hierárquica ficavam remotas. Ele foi educado desde muito jovem, primeiramente, nas artes militares; depois, nas lides religiosas. Isto acabou lhe proporcionando sólida fundamentação nos jogos da política monárquica, sabendo indicar quais os lugares e as funções que cada um tinha neste mundo, hierarquia social mantida e preservada segundo os desígnios divinos. Pensar sobre as influências do passado implica ponderar sobre as ações empreendidas pelos homens em seu mundo, bem como a ação dos costumes neste mesmo homem:

> Todas as leis, sejam as da consciência, sejam as leis civis, deitam suas raízes na terra espessa dos costumes [...] Os costumes, enfim, no universo dos homens, tudo governam e comandam, por deterem o segredo do poder sobre os próprios homens – que simultaneamente os criam e a eles obedecem, na ilusão apaziguadora de tudo submeter aos ditames da boa razão e às prescrições da natureza.[71]

Ao usar o jargão *peuple* Richelieu destacou o caráter de unidade do reino francês, em detrimento dos interesses particulares da nobreza. O peso da aristocracia sempre foi um entrave ao desenvolvimento e expansão do poderio francês. Isto, sem esquecer que a visão apresenta um caráter extremamente presentista. Respeitando-se as devidas distâncias no tempo, entretanto, talvez seja mais proveitoso analisar como a tradição religiosa marcava e continuou marcando profundamente o pensamento

---

[71] CARDOSO, Sérgio. *op. cit.* p. 189. Nota 124.

moderno europeu. Ao entender o *peuple* nessa hierarquia de poderes da época reflete as ideias de uma ordem societária ainda fortemente influenciada por percepções medievais: na hierarquia religiosa cabe ao pastor vigiar e guiar as ovelhas.

Para uma melhor clareza sobre o pensamento político de Richelieu, uma pitada de elementos do presente sempre dificulta a imparcialidade do trabalho acadêmico. Mesmo diante desse limite, é possível visualizar um príncipe ideal no *Testament Politique*, dotado de virtudes que o tornam superior aos súditos, mesmo que o fim pareça mais um meio de manter o sonho de uma monarquia única e indivisível, pois "nenhum texto é essencial para todos, uma vez que cada texto tem o seu público"[72].

Almejando influenciar o rei Luís XIII, Richelieu fomentou um sentimento real na própria pessoa do príncipe, como sendo o responsável pela estabilidade do reino e da monarquia, contexto no qual travava ambições e transpirava o calor das batalhas diárias. Tratava a fé e a razão como elementos indispensáveis, ora cruzando argumentos vindos da tradição medieval, que ainda persistia em sua época, ora privilegiando a razão, que é o elemento de ruptura da modernidade.

---

[72] RIBEIRO, Renato Janine. *op. cit.* p. 124. Nota 22.

4
O GOVERNANTE E OS SÚDITOS: O EQUILÍBRIO DE FORÇAS NO *TESTAMENT POLITIQUE*

> Todo poder é uma enorme manifestação
> simbólica, um imenso conjunto de
> códigos, de condutas, de rituais.
> **Herman Heller**

A denominação "povo" como a entendemos hoje não é a mesma que se apresentava na época de Richelieu. A terminologia *peuple,* talvez, possa dar maior significação à relação existente com o reino: único fim para o qual o *peuple* de fato era concebido e pensado. Esta é a imagem mais nítida encontrada no *Testament Politique* de Richelieu.

Na sua época, a forma mais comum de considerar o *peuple* era como súditos do rei. Isto significa que Richelieu sempre dirigia suas orientações políticas ao príncipe afirmando categoricamente a posição do monarca perante seus súditos. Em relação a estes, o cardeal buscou delegar compromissos e atitudes que os envolvessem nas tramas e na própria representação da monarquia.

Apesar das constantes tentativas de condados, burgos e cidades de se rebelarem contra a autoridade monárquica, ela manteve-se firme em sua representação, por estar de acordo com grande parte dos ideais de uma época amedrontada pelas guerras religiosas, revoltas e guerras civis, que permitiram ao povo aclamar o rei como o conservador da paz no reino, pois, de fato, "[...] na França, em inúmeros santuários ou alhures, pululam as relíquias dos santos [...], e em primeiro lugar a mais ativa delas, o sangue real"[73].

Pode-se deduzir que "[...] uma fase crucial do desenvolvimento das sociedades ocidentais ocorreu aproximadamente na metade do século XV, com a consolidação dos reinos nacionais após a Guerra dos Cem Anos"[74]. Anterior a isto, como bem destacou Marcel Pacaut,

Todos estes grupos aparecem e se desenvolvem segundo uma evolução natural que escapa mais freqüentemente (sic) aos contemporâneos, aquela submissão à sua ignorância a partir do fato material, carnal, que seria o primeiro elemento (a família, o senhorio, a comunidade camponesa, etc.). Os

---

[73] LADURIE, Emmanuel Le Roy. *op. cit.* p. 311. Nota 66.
[74] VOEGELIN, Eric. *Op. cit.* p. 41. Nota 2.

interesses, nobres, camponeses e citadinos, não se descobrem realmente a sua existência a menos que eles conquistem a consciência da mentalidade comum que os aproxima no seio de cada corpo [75].

A preocupação diante de inúmeros problemas locais e o dinamismo das comunidades impedia a penetração dos poderes monárquicos na vida dos plebeus, tanto no campo quanto nas cidades. Existia uma "comunidade política", na expressão de Marcel Pacaut, que permanecia fortemente ativa desde períodos imemoriais no medievo. Apenas para exemplificar, os movimentos comunais, que apareciam na França no século XI, cuja especificidade maior residia na formação de pequenas *villés* ligadas por juramentos, já era uma tentativa de se esquivar das brutalidades e das turbulências dos tempos. A aparência de uma hierarquia permanente, durante o auge do Absolutismo francês, esbarrava justamente nas permanências medievais, costumes arraigados nas comunidades, que ainda eram fortemente camponeses.

Havia uma formulação específica para o que se pode denominar de *hierarquia social.* A classificação não era tão simples. Numa sociedade de ordens, baseada no prestígio social, na posição e na honra, a produção de bens materiais e a riqueza não constituíam elementos fundamentais para a vida de um nobre. Surge, portanto, a

---

[75] PACAUT, Marcel. *Les structures politiques de l'occident médiéval.* Paris, Armand Colin, 1969. p. 271.

indagação a respeito de qual era, de fato, o lugar do povo no *Testament Politique* de Richelieu. Para uma melhor compreensão, é preciso considerar, em primeiro lugar, como estavam distribuídas as principais funções no interior do reino francês. Para se ter uma ideia, tanto entre os membros da *Noblesse d'épée*[76] e a *Noblesse de robe*[77], o valor estava em ser filho legítimo de um nobre. A condição financeira só passou a receber atenção maior à medida que a concentração do poder monárquico acentuou-se nas mãos do rei, momento em que havia forte interesse na venalidade dos cargos e no preenchimento das funções administrativas do reino nas mãos de nobres e não-nobres, aumentando, significativamente, as rendas do Estado.

Podemos considerar a sociedade do *Ancien Régime* fortemente pautada na concepção de hereditariedade. R. J. Ribeiro bem reconheceu "[…] na linguagem e nos trajes, a imagem de uma sociedade hierarquizada, que se exibia aos sentidos, tornava-se visível. Na Europa analfabeta, em que até nobres não sabiam escrever, ver era experiência das mais importantes: o poder e o prestígio deviam saltar aos olhos"[78]. Apesar de toda a aparência e da suntuosidade, os nomes tradicionais que detinham títulos de nobreza, de longa data, eram mais exaltados no reino.

---

[76] *Noblesse d'épée*. A nobreza de espada, os herdeiros da "antiga" nobreza tradicional, que tinha cumprido serviço militar como vassalos do rei.

[77] *Noblesse de robe*. Nobreza derivada de um alto cargo judiciário ou administrativo.

[78] RIBEIRO, Renato Janine. *op. cit.* p. 08. Nota 114.

Marcada por uma tradição medieval, que ainda persistia, o *Testament Politique* revelava olhar sobre a sociedade do *Ancien Régime*, olhar que reproduzia uma antiga divisão entre os que rezam, os que combatem (nobreza hereditária se justifica pelo ofício), os que trabalham (ou lavram), e, no princípio do século XVII, os novos nobres, que compravam títulos de nobreza, sistema amplamente desenvolvido somente no reinado de Luís XIV. Ao que tudo indica, não era uma separação da sociedade em grupos estáticos. Havia mobilidade entre os grupos, apesar da constante insistência nobre em exaltar as qualidades de nascimento em detrimento das demais ordens do reino. Mas, Richelieu acentua justamente os aspectos que exaltam a condição do lugar-tenente de Deus na terra, submetendo, assim, os súditos ao seu jugo.

Tendo em vista o desabrochar do indivíduo por volta do século XII, é preciso notar como a noção influenciou, drasticamente, em praticamente todas as transformações nas estruturas políticas que surgiram posteriormente. Notoriamente, à percepção das três ordens é preciso incluir o que Marcel Pacaut[79] chamava de grupos que se mantinham no anonimato, o que implicava o entendimento da política e de sua relação direta com os diferentes grupos existentes no interior do Estado, que podiam estar ligados à paróquia, às oficinas, às universidades, etc. São diferentes grupos que possuíam seus respectivos códigos, atitudes difíceis de serem

---

[79] PACAUT, Marcel. *Op. cit.* Nota 206.

modificadas e internalizadas por qualquer observador.

Richelieu descrevia o povo como súditos do rei, obviamente a nobreza estava separada pelo nascimento. Mas, o Cardeal indica uma visão única do rei em relação aos súditos, em um movimento claro de percepção unificada da sociedade francesa. Num regime, cuja principal função era o poder de mando, a glória deveria vir do rei, com certeza, o papel reservado aos súditos limitava-se à figuração. Os grupos possuíam organização própria e a distribuição dos poderes no seu interior, o que, para um pensamento político voltado aos interesses monárquicos, como os de Richelieu, parecia ser uma afronta.

A preocupação velada de Richelieu era fazer valer a *grande lei*, o que não significava que ela, de fato, fosse aplicada e seguida à risca, porque os agrupamentos pareciam conhecer a realidade política num sentido estritamente particular e local, fato que dificultava a infiltração das leis ordenadas pelas instâncias superiores do poder monárquico. Havia, de fato, mais poder no centro do que nas periferias, sendo que a descentralização política dos Estados modernos resistiu às pressões da modernidade, buscando manter seus laços ainda marcados pela tradição medieval. É notório como o próprio Richelieu foi influenciado pela política provinciana, já que desde a infância viveu no seio de uma sociedade marcada pelo regionalismo, amor e do sentimento ao local de nascimento e, especialmente, aos que integravam a sua família.

Para se visualizar quais eram os ideais de Richelieu

em relação ao *peuple,* não há como excluir a enorme capacidade da monarquia francesa em provocar revoltas endêmicas em todo o reino. A intenção de manter o rei Luís XIII informado sobre as principais questões do Estado, impulsionava Richelieu ao ataque àqueles que não fossem totalmente submissos aos desígnios reais. Mesmo assim, foram inúmeras as revoltas. Em sua grande maioria, ocasionadas por pesada fiscalidade real num momento de forte crise econômica por que passava a França.

As revoltas ocorreram em diferentes datas, principalmente a partir de 1630 até o fim do reinado de Luís XIII. Destas, podemos destacar três grandes revoltas durante o ministério de Richelieu: em Querecy (1626), no Sudoeste (1636-37) e na Normandia (1639). A revolta dos *Croquants* (1636), e a dos *Nu-pieds* (1639), podem ser consideradas como as mais importantes. A primeira, "pode ser descrita como a mais importante revolta dos camponeses na História da França"[80]. Foi uma revolta contra os impostos arbitrários e os abusos dos cobradores de impostos. Apesar das constantes revoltas camponesas, a miséria era vista e compartilhada entre todos, aceita como fazendo parte da ordem natural das coisas, desde que não incorresse na luta pela vida. Como bem expressou Jean-Baptiste Colbert (1619-1683), inspetor-geral das finanças do rei Luís XIV, a arte de cobrar impostos consistia em depenar o pato de modo a obter o maior número possível de penas com o menor protesto. Um escritor do século

---

[80] KNECHT, R. J. *op. cit.*, p. 138. Nota 3.

XVIII resumiu bem os problemas enfrentados pela França:

> O hábito de sofrer que adquiriram matou neles a consciência de que sofriam. É uma espécie de ignorância da sua miséria, e se por acaso têm consciência de que são infelizes têm-na mais ou menos da mesma forma como nós sabemos que temos de morrer. Não há dúvida de que se trata de uma das maravilhas da natureza; faz-se com que os homens nasçam na miséria, dá-lhes disposição para serem capazes de a suportar e até para dela se esquecerem[81].

Apesar das revoltas, a população francesa não pode ser considerada alheia ao processo de centralização monárquica. Mesmo contrariando os cobradores de impostos e revoltando-se contra as injustiças, não negavam o poder e a autoridade da monarquia francesa. Um dos *slogans* prediletos dos revoltosos: "*Vive le roi sans la gabelle! Vive le roi sans la taille!*"[82], pois a revolta estava sendo direcionada aos abusos dos cobradores de impostos, e não contra a ordem política vigente. A monarquia era, de certo modo, respeitada.

Com o crescimento das posses reais iniciam-se os processos declinantes de grupos sociais dentro do reino.

---

81 BEHRENS, C. B. A. *Op. cit.* p. 42. Nota 151.
82 KNECHT, R. J. *Op. cit.* p. 138. Nota 3.

Os nobres passaram a ser atraídos, mesmo que inicialmente, para as cortes e os burgueses passaram a prestigiar uma maior liberdade de ação nas transações comerciais internas e externas. Ocorreu uma interdependência – usando a expressão de Norbert Elias[83] – entre o crescimento do rei e da burguesia e na debilitação da nobreza e do clero. A competição promovida internamente no reino ocasionou uma aceleração dos investimentos, ao passo que a nobreza se via interditada, em certa medida, a investimentos em algo rentável, a não ser cargos e títulos. A população não assistia inquieta a tudo que se passava na administração e nos jogos da monarquia. Manteve crenças. Lutou por elas. Foi discriminada e discriminou[84]. O sucesso da monarquia, no tempo de Richelieu, se deve especialmente ao momento de união com a nascente e empreendedora burguesia.

As querelas religiosas continuaram presentes na França mesmo após o *Édito de Nantes,* emitido em 1598,

---

[83] ELIAS, Norbert. *op. cit.* p. 161. Nota 1.

[84] Um detalhe importante que demonstra bem o ambiente religioso dos católicos e protestantes. A excomunhão de Giordano Bruno, no século XVI, foi motivada por ambas as religiões, a católica e a protestante. As teses de Giordano iam contra o pensamento dominante na época, o da Igreja Católica, e do próprio protestantismo. Bruno foi forçado a abandonar a ordem dos dominicanos em 1575 e passou a lecionar em várias universidades da Europa: na Suíça (Genebra), na França (Paris), na Inglaterra, etc. Bruno se aproximou do calvinismo e do luteranismo, mas, também foi excomungado destas duas religiões. Tanto o protestantismo quanto o catolicismo mantinham uma relação tempestuosa, uma querendo submeter a outra à sua fé. Eram tempos de guerra religiosa.

quando foi assinado por Henrique IV, que passou a regular a situação dos protestantes. Na França, por volta de 1600, estima-se que cinco ou seis por cento da população eram huguenotes[85]. Além de terem conseguido liberdade religiosa, eles passaram a manter o controle sobre várias fortalezas importantes. Estabeleceram tribunais que, apesar de tudo, serviam para excluir os católicos de suas cidades e, "na realidade, se constituir num pequeno Estado autônomo dentro do Estado"[86]. Além do mais, o maior líder dos huguenotes era um nobre de muito prestígio, talvez o maior dos nobres da França. Seu nome era Henrique, duque de Ruhan, e representava para os olhos da época, uma ameaça dupla: dissidente religioso e quase um príncipe independente. Na visão de Richelieu, preocupado em desmantelar as resistências locais encabeçadas por nobres poderosos, o duplo problema deveria ser solucionado o quanto antes para que a França pudesse galgar um posto de liderança perante os outros Estados europeus.

De fato, na França do século XVII, os reis viam-se na obrigação de tomar algumas medidas urgentes com relação ao problema religioso. Tratava-se da existência de duas religiões no interior do reino: o catolicismo e o protestantismo. A realidade de duas fés coexistirem num mesmo reino ainda não era bem-aceita no período moderno francês. Muitas vezes passava a impressão de insubmissão ao mais católico dos reis. Apesar da tolerância,

---

[85] KNECHT, R. J. *op. cit.* p. 75. Nota 3.
[86] WEDGWOOD, C. V. *op. cit.* p. 35. Nota 39.

era tratada como uma questão de sobrevivência da autoridade monárquica. O príncipe, sendo cristão, estaria ameaçado se sua religião fosse contestada por grande parte da população.

Apesar dos huguenotes serem leais ao rei, para Richelieu era uma questão de insubordinação à coroa, mesmo que sempre tenha feito uma clara distinção entre o inconformismo religioso e a insubordinação política. Ele não acreditava que pudesse converter os huguenotes ao catolicismo, mas, não queria vê-los se rebelar contra a autoridade real. A religião católica possuía o respeito dos antepassados, da tradição francesa. As famílias, apesar de adeptas do protestantismo, deveriam respeitar a tradição da religião que foi dos seus pais e de todos os reis franceses. Acreditavam nisto. O protestantismo só recebia tolerância, muitas vezes considerado estranho no corpo da França[87].

Para solucionar os problemas que afligiam a monarquia e sua própria estabilidade política, Richelieu procurou mostrar ao rei os meios mais eficazes de conquistar a confiança dos súditos. Deixa claro em seu *Testament Politique* que "[...] não há soberano no mundo que não seja obrigado por este princípio a procurar a conversão daqueles que, vivendo sob seu reinado, desvia-se do caminho da salvação"[88].

Em boa parte da época de Richelieu, uma das

---

[87] GARRISON, Janine. *L'Édit de Nantes et as révocation:* histoire d'une intolerance. Paris: Seuil, 1985. p. 44.
[88] RICHELIEU. *op. cit.* p. 55. Nota 56.

maiores transformações ocorridas no interior da França foi o intenso renascimento religioso. No caso da contrarreforma, visto com maior frequência em outros Estados europeus, na França, devido ao peso da tradição, parece ter sido menos intenso e poderoso. O fervor religioso tomava conta de todos os níveis e camadas sociais da época. A propósito, convém ressaltar que, além dos adultos, havia uma forte intenção de parte de jovens em se dedicarem à caridade e às obras pias. A obra humana parecia arraigada em preceitos religiosos. Moças tinham visões, com muitas delas tendo sido narradas, inclusive, por Richelieu. Num mundo em que o humano estava associado ao religioso, Richelieu não foi um caso a parte. Ele próprio fez vários pedidos, especialmente devotos, comprovando a importância da fé cristã na vida deste homem de Estado: "[...] quando jovem, implorara a São João Evangelista que o curasse de uma dor de cabeça, prometendo-lhe missa perpétua"[89]. Várias foram as provações religiosas que Richelieu almejou vencer através da cura de seus problemas de saúde, que o acompanharam durante toda a vida. No pensamento político de Richelieu, "[...] santidade e inteligência orientadas para a realização de grandes objetivos políticos eram a santidade e a inteligência *par excellence*"[90].

Os huguenotes formavam grupo bem conhecido de Richelieu, por ter recebido educação em Poitou,

---

[89] WEDGWOOD, C. V. *Op. cit.* p. 116. Nota 39.
[90] WEDGWOOD, C. V. *Ibid.* p. 116.

província em que estavam bem representados[91]. Certa vez, dirigindo-se publicamente aos huguenotes, como bispo de Luçon, em 1609, Richelieu disse que:

> Sei que há aqui alguns que se encontram separados da nossa fé. Espero que, em compensação, possamos estar unidos pelo amor. Farei tudo ao meu alcance para conseguir isso, o que será tão benéfico para eles como para nós e agradável para o rei, a quem todos devemos procurar satisfazer[92].

Apesar de usar palavras conciliadoras em público, em sua diocese nem sempre manteve relações amistosas com os huguenotes. Ao que tudo indica, mesmo antes de assumir o cargo de primeiro-ministro da França, em 1624, Richelieu já possuía um forte interesse em rebaixar o orgulho dos huguenotes perante os católicos. Com tais intenções, implícitas há muito tempo, no momento que assumiu a função junto ao rei, julgou ser a hora ideal para maquinar contra o partido huguenote, que tanto lhe causava estorvo. Em seu *Testament Politique* ressaltou ao rei os esforços empreendidos para arruinar a organização dos huguenotes, objetivo claro e decisivo. Mesmo sabendo da impossibilidade de retornar às antigas tradições católicas, acreditava na possibilidade de conter os poderes huguenotes no interior do reino, estabelecendo como

---

[91] KNECHT, R. J. *Op. cit.* p. 78. Nota 3.
[92] RICHELIEU, *apud* KNECHT, R. J. *Ibid.*, p. 78.

principal objetivo "[...] arruinar o partido huguenote, rebaixar o orgulho dos grandes [...]"[93].

De acordo com André Courvisier, desde o período em que deflagraram a Reforma e a Contrarreforma na Europa Ocidental os elementos de distinção entre a ideologia protestante e a católica dificilmente poderiam ser distinguidas uma da outra. De fato, "[...] uma igual intolerância suscita nos dois campos perseguições comparáveis [...]"[94]. Do mesmo modo que ambas as partes criticavam o relaxamento dos costumes ou o abuso e o luxo de alguns – os protestantes, entre outras coisas, questionavam a luxúria exibida por membros da Igreja Católica –, o fervor religioso e a crença acabaram sendo favorecidos pelas intrigas e debates que acabavam envolvendo um número cada vez maior de adeptos de ambos os lados. Neste acaso, apesar das rivalidades, a fé permanecia como elemento definidor e os homens cediam aos desígnios divinos.

Segundo R. J. Knecht, os huguenotes criticaram várias vezes os procedimentos tomados por Richelieu e sua diocese. Eles diziam que o que os importunava era o fato dele pedir para que o saudassem quando o vissem em frente à igreja e impedia que construíssem igrejas próximas às católicas. Mas, em medida igual, os católicos também eram importunados em seus cultos. Mesmo em nível comunitário, como é o caso de Luçon, as euforias religiosas

---

[93] RICHELIEU. *op. cit.* p. 107. Nota 55.
[94] CORVISIER, André. *História moderna*. Rio de Janeiro: Editora Bertrand Brasil, 4ª ed., 1995. p. 77.

tomavam conta do cotidiano das pessoas, refletindo, de modo esparso, as querelas entre as religiões no plano político institucional. Embora dispersas, as movimentações em torno dos ideais religiosos ocupavam o espaço político no interior da França o que, mais tarde, quando primeiro-ministro, Richelieu conduzirá com maestria.

Através destas informações percebe-se a importância da religião durante praticamente todo o século XVII. O Cristianismo, por assim dizer, edificou a civilização ocidental. A relação existente entre a devoção religiosa confundia-se, de certa forma, com a adoração ao rei. Para Marc Bloch, um milagre só existe a partir do momento em que se pode acreditar nele[95]. Quer dizer: é uma questão de popularidade de um ritual. O rito seja ele qual for, é recebido e assimilado pela população que o internaliza e participa das suas benevolências. Como é o caso da cura das escrófulas, pratica comum que emanava da vontade dos reis e de seu povo, ambos combinando ações e interesses em uma crença comum. A ideia de ordem pressupõe uma estrutura que se desdobra em leis. A ordem é invisível, é sub-reptícia, está para além da matéria.

No século XVII começa a haver diferença significativa entre o conhecimento racional e o comum. A separação é mais nitidamente exaltada por Descartes, que é considerado um filósofo universal, o maior do século

---

[95] BLOCH, Marc. *op. cit.* p. 16. Nota 29.

XVII. A abstração é necessária. Mesmo sendo filósofo, Descartes não esteve isolado das mudanças de sua época, do mesmo modo que Richelieu. Em muitos momentos da escrita do *Testament Politique*, Richelieu refere-se ao pouco conhecimento dos súditos em relação aos negócios do reino, implicando uma separação entre os que conhecem a política e o senso comum, preocupado com picuinhas hostis aos interesses do Estado.

O século XVII parece adaptar-se a uma conjetura político-religiosa em que obedecer correspondia a melhor das políticas. Opinar ou contestar as decisões de um rei, que era tido como a própria voz de Deus, era empreitada que somente os ousados e hereges poderiam envidar.

Acompanhado de inúmeros autores modernos, Richelieu acreditava piamente que os governantes eram mais aptos a exercer a função de comando no reino do que qualquer outro, de grandeza próxima. O príncipe era dotado de habilidades especiais para os assuntos do Estado. Portanto,

Todos os políticos estão de acordo em que se os povos vivessem muito à vontade, seria impossível de os conter nas regras do seu dever. Seu fundamento é que tendo menos conhecimento que as outras ordens do Estado, muito mais cultivadas ou mais instruídas, se não fossem obrigados sem alguma necessidade, dificilmente se manteriam nas regras que lhes são prescritas pela razão e pelas leis. A razão não permite os isentar de todas as cargas, porque perdendo a marca da sujeição, perderiam também a memória da sua condição e, se estivessem livres de tributo, pensariam estar também da obediência [96].

Em primeiro lugar estão sempre os interesses do Estado, do reino e do príncipe. O *peuple* sempre é lembrado, pois o propósito final é o reino. Nas horas em que os recursos estão escassos o aparato de Estado se organiza para suprir as deficiências, do mesmo modo quando a submissão parece subsistir[97]. Mas, mesmo aparentando estar na periferia dos interesses, e aparecer muito pouco no *Testament Politique* de Richelieu, o povo constitui o centro das atenções e, sem dúvida, é a plateia que aplaude a encenação teatral do poder. É, todavia, o mito, o grande ator político, que comanda o real através do imaginário:

O Príncipe deve se comportar como ator político para conquistar e conservar o poder. Sua imagem, as aparências que tem poderão assim corresponder ao que seus súditos desejam encontrar nele. Ele não saberia governar mostrando o poder desnudo (como está no conto) e a sociedade em uma transparência reveladora. Tomemos, pois o risco de uma fórmula: a aceitação resulta em grande parte das ilusões da ótica

---

[96] RICHELIEU. *op. cit.* p. 102. Nota 55.
[97] KNECHT, R. J. *op. cit.* p. 192. Nota 3.

social[98].

Para demonstrar como a *la voix publique*[99] era demasiada importante para a manutenção do poder monárquico, "[...] era lugar-comum acreditar que os príncipes deviam ser senhores tanto das mentes como dos corpos dos seus súbditos. Como Colomby escreveu em 1631, 'não basta que os príncipes sejam ordenados por Deus; os seus súbditos têm de acreditar nisso'"[100].

Para Georges Balandier, "[...] o recurso ao imaginário está na convocação de um futuro em que o inevitável se transformará em vantagem para o maior número de súditos. As luzes da cena do futuro iluminam a do presente"[101]. Ou, ainda, como bem observou um analista de comunicação política de nossa época, Harold Lasswell, "[...] uma ideologia bem-estabelecida [...] perpetua-se com pouca propaganda planejada [...] Quando

---

[98] BALANDIER, Georges. *op. cit.* p. 6. Nota 13.
[99] BURKE, Peter. *op. cit.* p. 164. Nota 74. De acordo com Peter Burke, o conceito de "público" só começou a existir, mesmo esparsamente, no último ano do reinado de Luís XIV, 1715. Era comum os franceses utilizarem expressões como: "o bem público", "falar em público" e assim por diante, mas o conceito de "opinião pública" era estranho ao período de Richelieu. "A expressão *la voix publique*, no sentido de 'voz pública', ou talvez 'preferência pública', era apenas um equivalente parcial. 'Diz-se que um homem tem voz pública a seu favor para significar o aplauso universal'".
[100] KNECHT, R. J. *op. cit.* p. 181. Nota 3.
[101] BALANDIER, *op. cit.* p. 8. Nota 13.

se começa a pensar sobre maneiras e meios de disseminar a convicção, é que esta já definhou"[102]. Richelieu não agia da maneira politicamente ordenada, já que não existiam meios de propaganda versáteis como os atualmente existentes. A melhor maneira para garantir a adesão política do reino era, portanto, ensinar e partir para uma ação ideológica voltada ao príncipe. O povo possuía importância indiscutível, mas, de acordo Richelieu, era preciso, antes de tudo, demonstrar os lugares e as hierarquias ao rei. É do príncipe, agindo conforme os conhecimentos racionais adquiridos, que partirá a coerção e a vigilância para evitar a dispersão total do reino. Richelieu conhecia as diversas dimensões de uma França que sonhava em concentrar o poder nas mãos régias. Um governo ágil e eficiente dependia de decisões tomadas por apenas uma cabeça, que torna o reino propenso à tomada de decisões e mobilizações rápidas, fato que ficava difícil num Estado "[...] composto por várias cabeças"[103]. Para Richelieu, o rei era dotado de uma razão visivelmente superior a qualquer súdito do reino,

> [...] pois é coisa comum aos espíritos medíocres contentarem-se com empurrar o tempo com o ombro, e preferir conservar sua satisfação por um mês, do que se privar dela por esse pouco de tempo para garantir-se do incômodo de vários anos que eles não consideram, porque não vêem (sic) senão o que está

---

[102] BURKE, Peter. *op. cit.* p. 144-145. Nota 74.
[103] RICHELIEU. *op. cit.* p. 113. Nota 55.

presente e não antecipam o tempo por uma sábia previsão[104].

Richelieu é tido como um dos maiores propagandistas de seu tempo. Desde o início, procurou saber o que pensavam os súditos do rei. O método utilizado foi reunir um número considerável de panfletos, analisá-los e descobrir quais eram os pensamentos mais perigosos, para, então, contra-atacar com propaganda monárquica. Esta, por sua vez, era rigorosamente verificada, ou mesmo, redigida pelo próprio cardeal[105]. O panfleto mais interessante inspirado por Richelieu, o *Catholique d'État*, procurava exaltar a figura do rei, sendo que, "[...] os súbditos (sic) não podem censurar nem julgar de modo a determinarem a justiça ou a injustiça das armas dos seus reis; seu papel é apenas o da obediência e da fidelidade"[106]. As decisões do que era certo ou errado caberiam somente ao rei e aos seus ministros. Aos súditos cabia, apenas, obedecer.

Pensando na ideia de que o povo nasceu para obedecer, Richelieu promoveu sérios esforços para manter e aumentar a relação. Implicitamente, obedecer implicava seguir as leis naturais, a busca pela ordenação de uma cosmologia política. Era preciso agir com eficiência ao

---

[104] RICHELIEU. *op. cit.* p. 63. Nota 56.
[105] THUAU, E. *Raison d'État et Pensée politique à l'époque de Richelieu.* Paris: A. Colin, 1966. p. 169.
[106] BURKE, Peter. *op. cit.* p. 184. Nota 74.

nível da micropolítica – que se referia às medidas eficientes que podiam agir efetivamente nos anseios e no imaginário da população, através de propagandas – para que a macropolítica – as leis, decretos e a própria ordem do reino – pudesse realmente persistir com uma obediência sincera e passiva. Pode, até mesmo, exemplificar a construção de uma nova ordem monárquica, até então ilusória aos olhos de Richelieu. Em meio à desordem reinante, Richelieu concebeu e teorizou sobre as maneiras práticas de ordenar os princípios dinásticos. Como frisou Edgar Morin, "[…] a ruptura e a desintegração duma forma antiga constitui o próprio processo constitutivo da nova forma [...] a organização e a ordem do mundo se edificam no e pelo desequilíbrio e pela instabilidade"[107]. Apesar de se apresentar confusa e sem sentido, a defesa dos princípios, que acreditava serem verdadeiros, chocavam-se com outros e havia a ruptura. Tal confronto, devido a combinações múltiplas, podia garantir ao homem a condição de ser único, em igual medida às conjecturas sociais em que vivia ao longo da existência.

A realidade francesa não permitia a existência do rei sem súditos. Relação que, mesmo observando os insistentes levantes populares, a condição de rei não chegava a ser questionada. No máximo, o responsável pela tirania era o corpo físico do rei que governava no momento. No século XXI acredita-se que a "função" de presidente é boa, incoerente são os que a ocupam. Do

---

[107] MORIN, Edgar. *O método 1*- A natureza da natureza. Portugal: Publicações Europa-América 3ª ed, 1997. p. 47.

mesmo modo, na modernidade pensava-se que a "função" de rei era otimizada e correspondia aos anseios e às esperanças de grande parte dos súditos.

Numa sociedade ainda fortemente pautada na hierarquia das três ordens, a legitimidade política do rei era apresentada por Richelieu como um elemento estabilizador da monarquia. Procurava envolver em compromissos e atitudes todos aqueles que estivessem presos às tramas da representação monárquica. Como bem destacou Ladurie, o "sangue real" suplantava até mesmo a crença nos santos e suas relíquias. A figura do rei representava, portanto, a estabilidade e a segurança do reino e, por conseguinte, dos súditos.

CONCLUSÃO

Com riqueza de argumentos o Cardeal Richelieu apresentou as estratégias políticas usadas para fortalecer o governo da monarquia francesa. A busca pelo equilíbrio perfeito entre as regras e a fé cristã revelou um sistema pautado na sólida sabedoria dos antigos. O caminho da mudança foi provocado ao visar a entrada contínua de burgueses na administração do Estado, restringindo os privilégios da nobreza.

O modelo feudal aos poucos foi substituído pela moderna administração do Estado. Essa concentração de poder nas mãos do rei foi frutífera, evitando os poderes locais nas mãos de nobres senhores em seus territórios. A corte francesa, aos poucos, reduzia o poder dos nobres, obrigando-os a viverem distantes de suas propriedades e cada vez mais dependentes do monarca. O presente, o passado e o futuro conviviam nas estruturas da monarquia francesa do século XVII, organizada para suportar valores antigos e modernos.

Richelieu, mesmo pertencendo ao tradicional

pensamento político medieval, demonstrou o temperamento de um homem de Estado em início de centralização monárquica, preocupado com a insuficiente submissão dos súditos ao rei. Identificou no passado os importantes exemplos para sustentar o poderio do governante. Os propósitos morais e éticos do medievo aos poucos adquiriram um sentido pragmático, coerente com os problemas vivenciados na modernidade e adquiridos junto ao estudo da história *magistra vitae.*

O Cardeal Richelieu assegurou uma paz interna no reino francês e reorganizou a estrutura de poder para restaurar a autoridade real. Tinha uma capacidade de julgamento excepcional, conhecendo rapidamente o perfil psicológico de todos que o cercavam, inclusive os vícios e as virtudes. Tratava a traição como o pior dos males, punindo-os severamente. E a paz foi o resultado mais importante, pois a França conseguiu florescer durante a reinado do Rei Luís XIII e seu primeiro-ministro Richelieu. O esforço intelectual e político empreendido movimentou opiniões e melhorou o presente vivido e preparou o futuro.

REFERÊNCIAS BIBLIOGRÁFICAS

Fontes documentais:

MAQUIAVEL, Nicolau. *O Príncipe*. São Paulo: Martins Fontes, 2ª ed., 1996.

MAQUIAVEL. *A arte da guerra e outros ensaios*. Brasília, EUB, 1982.

RICHELIEU. *Testamento Político*. São Paulo: Atena, 1959.

Bibliografia

APOSTOLIDÈS, Jean-Marie. *O rei-máquina: espetáculo e política no tempo de Luís XIV*. Rio de Janeiro: José Olympio; Brasília, DF: Edunb, 1993.

ARENDT, Hannah. *Entre o passado e o futuro*. São Paulo: Perspectiva, 1972.

ARIÈS, P. *O tempo da história*. Rio de Janeiro: Francisco Alves, 1989.

__________. *Histórica social da criança e da família.* Rio de Janeiro: Zahar Editores, 2ª edição, 1981.

AULAIRE, Comte de Saint. *Richelieu.* Paris: Collection les Constructeurs, 1932.

BALANDIER, Georges. *O poder em cena.* Brasília: EUB, 1982.

BATISTA NETO, Jônatas. *História da Baixa Idade Média (1066-1453).* São Paulo: Ática, 1989.

BEHRENS, C. B. *O Ancien Régime.* Lisboa, Verbo, s.d.

BERLIN, Isaiah. In: KING, Preston. *O estudo da política.* Brasília: E.U.B.

BARBEY, Jean. *Être roi:* Le roi et son gouvernement en France de Clovis à Louis XVI. Paris: Fayard, 1992.

BIHLMEYER, Karl & TUECHLE, Hermann. *História da Igreja.* Vol. I: Antigüidade Cristã. São Paulo: Edições Paulinas, 1964.

BOBBIO, Norberto. *As teorias das formas de governo.* Brasília: EUB, 1998.

BOLLÈME, Geneviève. *O povo por escrito.* São Paulo: Martins Fontes, 1988.

BONI, Luis Alberto de. "Introdução". In: QUIDORT, Johannes. *Sobre o poder régio e papal.* Tradução e introdução Luís A. de Boni. Petrópolis: Vozes, 1989.

__________. "A vida - a obra". In: ROMANO, Egídio. *Sobre o poder eclesiástico.* Petrópolis: Vozes, 1989.

BORNHEIM, Gerd. *Sobre o estatuto da razão.* In: NOVAES, Adauto (Org.). **A crise da razão.** São Paulo: Companhia das Letras; Brasília, DF: Ministério da Cultura; Rio de Janeiro: Fundação Nacional de Arte, 1996.

BURNS, James Henderson. *Histoire de la pensée politique Médiévale.* Paris: Presses Universitaires de France, 1993.

CARDOSO, Sérgio. *UMA FÉ, UM REI, UMA LEI: a crise da razão política na França das Guerras de Religião.* In: NOVAES, Adauto (Org.). **A crise da razão.** São Paulo: Companhia das Letras; Brasília, DF: Ministério da Cultura; Rio de Janeiro: Fundação Nacional de Arte, 1996.

CARMONA, Michel. *La France de Richelieu.* Bélgica: Fayard, 1984.

COSTA, Ricardo da. *A estética do Corpo na Filosofia e na Arte da Idade Média. In:* Trans/form/ação, Marília, v. 35, p. 161-178, 2012 Edição Especial (ISSN 0101-3173).

COSTA, Ricardo da. *Ensaios de História Medieval.* Rio de

Janeiro: Sétimo Selo, 2009.

CURTIUS, Ernst Robert. *Literatura Européia e Idade Média Latina*. São Paulo: EDUSP, 1999.

CHAUNU, Pierre. *A Civilização da Europa Clássica*. Lisboa: Editora Estampa, 1993.

DOMINGUES, Beatriz Helena. O aristotelismo medieval e as origens do pensamento científico moderno. In: **LOCUS**: revista de História. Juiz de Fora: Núcleo de história Regional/EDUFJF, 1996.

DOYLE, Willian. *O Antigo Regime*. São Paulo: Ática, 1994.

DURAND, G. *Etats et institutions. 16-17e siècles*. Paris: Armand Colin, 1969.

ELIAS, Norbert. *A sociedade de corte*. Lisboa: editora Estampa, 1987.

FALCON, Francisco José Calazans. "A identidade do historiador". IN: *Estudos históricos*. Rio de Janeiro, n°.17.

____________. *História e poder*. IN: CARDOSO, Ciro Flamarion & Vaifas, Ronaldo (Orgs.). **Domínios da História**. Rio de Janeiro: Editora Campus: 1997.

FRÓES, Vânia Leite. *Era no tempo do rei:* estudo sobre o ideal do Rei e das singularidades do imaginário português no final da Idade Média. Niterói: Tese para Professor titular de História Medieval da Universidade Federal Fluminense, 1995.

FURET, François. *A oficina da história*. Lisboa: Gradiva.

GARRISON, Janine. *L'Édit de Nantes et as révocation:* histoire d'une intolerance. Paris: Seuil, 1985.

GILBERT, Pierre. *La Bible à la naissance de l'histoire.* Paris: Arthème Fayard, 1979.

GIRARDET, R. *Mitos e mitologias políticas.* São Paulo: Companhia das Letras, 1987.

GRAMSCI, Antônio. *Maquiavel, a política e o Estado Moderno.* Rio de Janeiro: Civilização Brasileira, 1978.

GRUPPI, Luciano. *Tudo começou com Maquiavel* As concepções de Estado em Marx, Engels, Lênin e Gramsci. Porto Alegre: L&PM Editores Ltda, outono de 1986.

GUNNEL, John G. *Teoria Política.* Brasília: EUB, 1981.

GUIGNEBERT, Charles. *El Cristianismo medieval y moderno.* México: Fondo de Cultura Económica, 1927.

KANTOROWICZ, Ernest H. *Os dois corpos do rei.* Um estudo sobre teologia política medieval. São Paulo: Companhia das Letras, 1998.

KNECHT, Robert Jean. *Richelieu.* Portugal: Inquérito, 1999.

LADURIE, Emmanuel Le Roy. *O estado monárquico:* França 1460-1610. São Paulo: Companhia das Letras, 1994.

LASKI, H.J. In: KING, Preston. *O estudo da política.* Brasília: E.U.B.

LE GOFF, Jacques. "As mentalidades: uma história ambígua". IN: *História: novos objetos.* Rio de Janeiro: Francisco Alves, 1976.

LE GOFF, Jacques. *Os intelectuais na Idade Média.* São Paulo: Editora Brasiliense, 4ª Ed., 1995.

LÉVI-STRAUSS, Claude. *Antropologia estrutural.* Rio de Janeiro: Tempo brasileiro, 1970.

LEMERLE, Paul. *História de Bizâncio.* São Paulo: Martins Fontes, 1991.

LOPES, Marcos A. *O político na modernidade.* São Paulo: Loyola, 1997.

LOPES, Marcos Antônio. *A história das idéias políticas*: O contexto de Hannah Arrendt. CRONOS: Revista de História, Minas Gerais, nº.1, 1999.

______________. *Voltaire:* a história, o príncipe e a virtude. Tese de Doutorado defendida em agosto de 1999, São Paulo, USP.

MANENT, Pierre. *História intelectual do liberalismo.* Rio de Janeiro: Imago Editora, 1990 (trad. Vera Ribeiro).

MARAVALL, José Antônio. *Estado Moderno y Mentalidad Social.* Madrid: Revista de Occidente, 1972.

MICHELET, Jules. *Histoire de France.* Paris: Flammarion, 1982. Vol.IX.

MEGALE, Januário. *O Príncipe, Maquiavel.* São Paulo: Ática, 1993.

MORIN, Edgar. *O método 1-* A natureza da natureza. Portugal: Publicações Europa-América 3ª ed, 1997.

PACAUT, Marcel. *Les structures politiques de l'occident médiéval.* Paris, Armand Colin, 1969.

PRÉLOT, M. *As doutrinas políticas.* Lisboa: Presença, 1974. vol. 2.

REIS, José Carlos. *Annales:* a Renovação da História. Minas Gerais: Editor UFOP, 1996.

RÉMOND, Réné (org.). *Por uma história política.* Rio de Janeiro: Editora UFRJ, 1996.

RENÉ DESCARTES. *Discurso do método. As paixões da alma. Meditações.* São Paulo: Editora Noiva Cultura, 1999. Consultoria José Américo Motta Pessanha. Tradução de Enrico Courvisier.

RIBEIRO, Renato Janine. *A etiqueta no Antigo Regime: do sangue à doce vida.* São Paulo: Brasiliense, 1983.

______________. *A última razão dos reis:* ensaios sobre filosofia e política. São Paulo: Companhia das Letras, 1993.

______________. *Ao Leitor sem Medo: Hobbes escrevendo contra o seu tempo.* São Paulo: Brasiliense, 1984.

SCIACCA, Michele Federico. *História da filosofia*: Antigüidade e Idade Média. São Paulo: Editora Mestre Jou, 3ª Ed., 1967.

SHENNAN, J. H. *Luís XIV*. São Paulo: Ática, 1994.

SKINNER, Q. *As fundações do pensamento político moderno.* São Paulo: Companhia das Letras, 1999.

THEIMER, Walter. *História das ideias Políticas.* Lisbo: Arcádi, 1970.

THIREAU, Jean-Louis. *"Testament Politique".* IN: CHÂTELET, François & DUHAMEL, Oliver (orgs.). *Dicionário de obras políticas.* Rio de Janeiro: Civilização Brasileira, 1993.

THOMAS, Keith. *O homem e o mundo natural*. São Paulo: Companhia das Letras, 1989.

THUAU, E. *Raison d'État et Pensée politique à l'époque de Richelieu*. Paris: A. Colin, 1966.

TOCQUEVILLE, A. *O Antigo Regime e a Revolução*. Brasília: EUB, 1982.

TORRES, J. C. B. *Figuras do Estado Moderno*. São Paulo: Brasiliense/CNPq, 1989.

TOUCHARD, J. (org.). *História das idéias políticas*. Lisboa: Presença, 1976, vol.01.

TYVAERT, M. *L', image du roi. Légitimité et moralité royales dans les histoires de France au 17e siècle*. In: **Revue de Histoire Moderne et Contemporaine**, nº 21. Paris, 1974.

ULLMANN, Walter. *Principles of government and politics in the Middle Ages*. London: Methuen and co. Ltd, 1961.

VEYNE, Paul. *O inventário das diferenças*: história e sociologia. São Paulo: Editora Brasiliense, 1983.

VOEGELIN, E. *A nova ciência da política*. Brasília: EUB, 1982.

WEDGWOOD, C. V. *Richelieu e a monarquia francesa.*

Rio de Janeiro: Zahar Editores, 1963.

SOBRE O AUTOR

Alexandre Pierezan é paranaense, nascido em Palotina. Mestre e Doutor em História Social pela Universidade Federal Fluminense, é autor de diversos livros e artigos em revistas especializadas. Em parceria com demais pós-graduandos fundou a **Revista Cantareira** – Universidade Federal Fluminense –, periódico especializado em História. Organizador dos livros *Nem toda a história, mas um pouco dela* e do livro *Mitos, narrativas e realidades na dimensão de Clio*; autor de *A perfeição do político* e coautor de *O purgatório da educação*. Já atuou como docente da cadeira de História Medieval na Universidade Estadual do Oeste do Paraná – UNIOESTE – e na Universidade Estadual de Goiás – UEG. Tendo sido eleito, ocupou o Cargo de Diretor de Campus da UFMS-CPNA a partir de 2010. Atualmente é professor Associado III da UFMS e encontra-se cedido, desde junho de 2019, para a Universidade Tecnológica Federal do Paraná – UTFPR – campus de Toledo. Ministra palestra para políticos e gestores de instituições públicas e privadas de todo o país. E, em fevereiro de 2020, foi designado Vice-Diretor da filial do *Docentes pela Liberdade* – DPL – no Paraná, permanecendo até setembro de 2020.